KB044226

노크 | 04

류명환 소설

라스트 스탑

차례

남겨진 남자

딸칵 딸칵.

뒤틀린 다리에 채워진 보조기가 위태롭게 삐걱거린다. 제대로 채워진 걸까. 불편해 보이는데. 보조기가 회전하며 라라의 목소리가 들린다.

"아빠, 빨리 와!"

고개를 드니 라라가 나를 향해 손짓하고 있었다. 간만에 나들이라 그런지 달뜬 얼굴이다.

"어."

웃으며 대답하는데 귀에 대고 있던 핸드폰에서 후배의 목소리가 꽂혔다.

"책임님, 듣고 계세요?"

"어어, 듣고 있어. 아니면 지금 메일로 쏴 줄래? 가면서 읽어 보게."

"아, 그러시겠어요? 죄송해요, 모처럼 쉬시는데."

"아니야. 지금 출발하면 한 5시쯤 도착할 것 같애."

"예, 알겠습니다. 그럼 팀장님껜 그렇게 전달하겠습니다."

"응, 이따 봐."

"넵."

통화를 마치고 앞을 보자 라라가 나연의 손을 끌어당기며 예쁜 물고기를 따라가려고 하고 있었다. 뒤에서 끌려다니는 나연도 피곤하겠단 생각이 들었다. 라라가 저렇게 좋아하는데 또 회사에 들어가 봐야 한다는 말을 어떻게 꺼내야 할지 막막했다.

착잡한 마음을 누르며 주위를 둘러보는데 관람객이 한 명도 보이지 않았다. 아무리 평일 낮이라지만 너무 심한 거 아니야. 이래서 장사가 될까 싶었다. 하기야 덕분에 우리가 전세 낸 것처럼 편하게 관람하고 있지만.

아무도 없는 아쿠아리움은 그야말로 바닷속에 들어와 있는 기분이다. 사방으로 물고기들이 춤을 추며 날아다닌다. 구석에 자판기 한 대가 보였다.

"나연아."

라라를 내려다보며 웃던 나연이 돌아보았다.

"응?"

"뭣 좀 마실래?"

"왜? 뭐 있어?"

"어, 여기 자판기 있네."

"응, 그래, 그럼."

"아빠, 나도!"

라라가 폴짝 뛰며 소리쳤다. 라라는 나연과 이야
기하고 있으면 언제나 자신도 있다는 걸 알아 달라는
듯 끼어들어 말하는 걸 좋아했다. 지금도 별생각 없었
으면서 음료수를 부탁하는 게 분명했다. 라라의 이런
모습은 누구라도 사랑하지 않을 수 없을 것이다.

"어."

웃으며 대답하고 비상구 앞 자판기로 향했다. 각
각 좋아하는 음료수를 누르고 기다리는데 벽에 뭔가
흐르는 게 느껴졌다. 만져 보니 물기였다. 수족관 위쪽
에서 물이 새고 있었다.

괜찮은 건가.

수족관이 지탱하는 물만 몇천 톤일 텐데 작은 균

열도 위험해 보였다. 나가다가 직원에게 알려 줘야겠다고 생각하고 원래 장소로 돌아오니 나연과 라라가 보이지 않았다.

먼저 갔나 생각하며 부지런히 걸어 홀에 도착했지만 그 어디에도 두 사람은 보이지 않았다. 어디로 갔지 생각하는데 천장에 라라가 들고 있던 캐릭터 풍선이 보였다. 풍선은 천장에 닿아 더 날아오르지 못하고 제자리에서 빙그르르 돌다가 멈춰 섰다. 풍선에 그려진 캐릭터가 나를 비웃고 있었다.

뭐야…….

께름칙한 기분이 드는데 바닥에 뭔가 첨벙거렸다. 내려다보니 온통 물바다였다. 어디선가 물이 심각하게 새는 게 틀림없었다. 서둘러 나연에게 전화하려고 하는데 멀리서 뭔가 무너지는 소리와 함께 바닥이 떨려 왔다.

지진?

급하게 번호를 누르려다 핸드폰을 떨어뜨리고 말았다. 떨어진 핸드폰이 기울어진 바닥을 타고 쭉 미끄러졌다. 달려가 겨우 핸드폰을 붙잡았다. 고개를 드니 홀을 둘러싸고 있는 수족관 강화 유리들이 쩍쩍 갈라지는 게 보였다.

말도 안 돼.

사방에 유리창들이 폭발하며 수천 톤의 물이 나를 향해 쏟아졌다.

* * *

"권도하 씨…… 권도하 씨?"

눈을 뜨니 베이지색 천장이 보였다. 누군가 흔들어 고개를 돌리니 하얀 가운을 입은 의사가 보였다.

"정신 드세요?"

"……네."

맞다. 최면 치료 중이었지……. 정신과 의사가 자상하게 웃어 보였다.

"수고하셨습니다."

얼떨떨해 아무 말도 못 하고 있자 의사가 진료실 구석에 있는 간이 주방으로 향했다. 그가 카모마일차 한 잔을 가져다주며 말했다.

"뜨거우니까 호호 불어 가면서 드세요."

"감사합니다."

조심스럽게 받아 한 모금을 넘겼다. 정말 생생했다. 의사는 기억의 세부 사항은 1년에 50퍼센트 이상 바뀐다고 했다. 하지만 난 아쿠아리움에 간 기억조차 없었다. 차를 마시며 조금 전 최면에 대해 곱씹는데 의사가 타이핑을 하다가 옆머리를 긁적였다.

"여전히 기억이 불안정하네요……. 가족분들과는 사별하신 지가, 이달로 딱 1년이죠?"

"예."

"경찰에선 여전히 아무 소식 없나요?"

내가 씁쓸하게 웃자 의사가 말없이 끄덕였다. 그가 차트를 작성하며 물었다.

"주무시는 건요. 좀 나아졌나요?"

"예, 처방해 주신 약 먹곤…… 많이 좋아졌습니다."

"절대 잠 안 온다고 두 알 이상 드시면 안 되고요."

"네."

집에 도착했을 때는 장시간 최면 때문인지 현기증이 일었다. 현관문을 열고 들어가자 집 안은 평소처럼 불빛 하나 없이 컴컴했다. 이럴 때면 금방이라도 라라가 불을 켜고 나와 내 품에 달려들 것만 같다. 하지만 이제 그런 일은 일어나지 않는다.

샤워를 하고 식탁에 앉아 편의점 도시락을 먹기 시작했다. 절반도 못 먹고 냉장고에 넣은 뒤, 빨랫감을 세탁기에 넣는데 와이셔츠 밑으로 길게 늘어진 실밥이 보였다. 이대로 넣으면 더 풀려 나올 것 같아 주방에 가 가위를 찾는데 도통 어디다 뒀는지 보이지 않았다. 고개를 젖히고 생각해 보니 한군데 짚이는 곳이 있었다.

라라의 방문을 열자 그녀의 체취가 한꺼번에 밀려들었다. 그녀가 작은 손으로 뭔가를 늘 만들던 책상, 그녀가 잠들기 전 항상 읽어 달라고 했던 동화책과 '구름이'라고 이름을 붙여 준 하얀 인형까지. 모든 게 그대로였다.

그런데, 자세히 보니 먼지가 옅게 앉아 있었다. 그날 이후 반년 넘게 꾸준히 청소를 해 왔지만, 할 때마다 후유증이 심해 최근 들어 방치한 탓이었다. 문틈을 막아 두었는데 어디서 이렇게 많은 먼지가 들어왔는지 의아했다.

책상 두 번째 서랍을 여니 예상대로 가위가 들어

있었다. 와이셔츠의 실밥을 자르고 다시 서랍에 넣으려다가 이제 그럴 필요가 없음을 깨닫고 주방에 두었다.

세탁기를 돌리고 의사가 처방해 준 약봉지 하나를 입에 털었다. 냉장고에서 생수를 꺼내 마시는데 냉장고 벽에 붙어 있는 캐릭터 스티커가 눈에 들어왔다. 언젠가 라라가 나연 몰래 붙인 스티커였다.

그 순간 그날의 라라가 몹시 보고 싶어졌다. 그날은 핸드폰 카메라로 촬영해 두었다. 거실 TV로 가 저장해 둔 동영상을 틀자 그날의 우리가 흘러나왔다.

동영상은 여름의 색깔을 하고 있었다. 라라가 냉장고 옆에 붙어 좀 전의 스티커를 붙이느라 바빠 보인다.

"라라야. 그거 엄마가 싫어할 것 같은데."

라라가 냉장고 앞으로 고개를 내밀며 주방에서 요리 중인 나연을 살핀다. 그리고 카메라를 돌아보며 쉿 하는 제스처를 취한다. 내가 웃었던가. 카메라가 흔들렸다.

이어지는 동영상에선 도마 위에 뭔가를 올려놓고 어깨를 들썩이는 나연이 보였다.

"왜? 안 돼?"

내가 묻자 나연이 곤란한 듯 뒷머리를 긁적였다. 그녀의 귀밑머리가 사랑스럽게 나풀거린다.

"어, 고기가 덜 녹았네……. 아까 꺼내 놨는데."

"이거 들어 봐."

내가 핸드폰을 그녀에게 넘기고 팔을 걷어붙인다. 그런 내가 흥미로웠는지 나연이 줌을 당겨 촬영했다. 내가 몸 전체를 들어 시소 타듯 고기를 썰어 내려간다.

"오."

그녀가 감탄하며 뒤쪽으로 카메라를 돌리자 나를 바라보며 물개 박수를 치는 라라가 보인다.

이런 동영상도 있었다. 침대 위에 불룩 나온 이불이 보이고.

"라라야, 뭐 해?"

촬영 중인 내가 묻자 라라가 이불 속에서 대답했다.

"땀 빼고 있어요."

카메라를 옆으로 돌리자 나연이 입을 막고 큭큭 웃고 있었다. 다시 이불을 보며 물었다.

"땀 뺀다고?"

"네. 너무 더워서 자꾸만 땀이 나요."

라라가 당연한 걸 왜 묻냐는 듯 대답했다. 내가 웃음을 참으며 말한다.

"라라야. 그러면 씻어야지. 그러고 있으면 땀 더 나지."

그녀가 쿨하게 이불을 젖히고 나오더니 화장실로 가며 말한다.

"아, 땀 다 뺐다. 이제 씻어야지."

내가 숨죽여 웃었는지 카메라가 정신없이 흔들렸다. 옆으로 돌아간 화면에서 나연 역시 벽을 짚고 어깨를 들썩이고 있었다. 그 순간 느꼈던 충만함이 다시금 파도처럼 밀려왔다.

벌써 천 번도 넘게 본 영상들. 이렇게 동영상들을 보다가 이제는 아무도 없는, 텅 빈 집 안을 바라보면 기분이 이상했다. 나는 이럴 때면 눈을 감고 이 소리들이 TV가 아닌, 집 안 곳곳에서 나는 소리라고 상상한다. 그러면 그녀들이 다시 집에 돌아온 것 같은 기분이 들었다. 언제부턴가 이 소리 없인 잠들 수 없게 돼 버렸다. 나는 쏟아지는 약 기운을 느끼며, 그렇게 TV를 등지고 눈을 감았다.

이튿날 회사 앞에 도착하니 피켓을 들고 1인 시위 중인 40대 여성이 보였다. 그녀는 입을 악다문 채 간신히 눈물을 참고 있었는데, 그 모습이 발길을 붙잡았다. 피켓의 내용을 보려고 다가가자 보안 요원이 막아서며 고개를 가로저었다. 둘러보니 여성의 주위로 회사 보안 요원들이 배치돼 접촉을 차단하는 모양새였다. 하는 수 없이 발걸음을 돌리는데 누군가 팔을 잡아챘다.

"안녕하세요. 혹시 권도하 연구원님이신가요?"

"……네, 그런데요?"

40대쯤 돼 보이는 날렵한 인상의 사내였다. 사내는 며칠 면도를 못 했는지 수염이 까칠까칠하게 나 있었다.

"아, 반갑습니다. 저는 데일리 팩트 권홍준 기자라고 하는데요. 잠깐 뭣 좀 여쭤봐도 될까요?"

"아, 예, 뭣 땜에 그러시죠?"

"아, 감사합니다. 다름이 아니라요. 이번에 신약 개발하신 거."

우람한 체격의 보안 요원이 다시 나타나 기자에게

손바닥을 펼쳤다.

"인터뷰 안 됩니다."

"아, 왜 이러세요, 지금 본인이 하겠다는데."

기자가 제지하는 보안 요원을 밀어내며 거칠게 항의했다. 하지만 체격 때문인지 외려 밀려나는 건 기자쪽이었다. 나는 기자가 다칠까 봐 얼른 끼어들었다.

"아, 예, 제가 하겠다고 했어요."

"아니요. 지금 회사에서 개별적으로 접촉하지 말라는 지시가 있어서요."

보안 요원이 단호하게 못 박은 뒤 기자에게 말했다.

"홍보팀에 연락하세요."

"아니, 잠깐만."

계속해서 밀려나던 기자가 악에 받쳐 소리쳤다.

"아이, 씨발, 그럼 아까 우리도 들어가게 해 주든가! 도대체 입장 기준이 뭔데! 언론이 니들 들러리야?"

보안 요원이 얼굴을 구기며 기자를 툭툭 밀었다.

"저리로 가세요. 사람들 출근해야 되니까."

"어어? 당신 쳤어? 기자를 쳤어?"

기자가 발악해 봤지만 보안 요원 눈에는 파리만도 못한 것 같았다. 무력하게 밀려나던 기자가 안 되겠다

싶었는지 옆쪽을 파고들며 내게 명함을 쥐여 주었다.

"도하 씨! 연락 주세요!"

끌려 나가는 기자를 보며 이게 다 뭔 일이지 싶었다. 1인 시위에 문전 박대당하는 기자까지. 회사에 무슨 일이 생겨도 생긴 게 틀림없었다.

도플갱어

하지만 사무실로 들어오는 동시에 이런 내 우려는 우스운 것이 돼 버렸다. 유리로 된 팀장실 안, 기자들에게 둘러싸여 떠나갈 듯이 웃고 있는 경원이 보였기 때문이다. 지나가는 후배들의 입가에도 웃음이 걸려 있었다.

"오셨어요."

"어……."

얼떨떨한 기분이 되어 자리로 향했다. 회사 입구에서 있었던 일과 지금 팀장실에서 벌어지는 상황의 연관성을 따져 보는데, 여자 후배 한 명이 다가와 웃어 보였다.

"책임님, 우리 사고 친 거 맞죠?"

"어?"

후배가 등 뒤에 감추고 있던 주간지를 책상 위에 올려 두고 돌아갔다. 주간지 표지엔 '기적의 바이오 신약! 아토피 시대 종식 알리나'라는 문구와 함께 사장님과 이경원 팀장이 엄지를 들고 있는 사진이 대문짝만하게 실려 있었다. 기사는 보는 내가 다 화끈거릴 정도였다. FDA(미국 식품의약청) 승인은 따 놓은 당상이라니, 이러다 탈락하면 어쩌려고들 이러시나 벌써부터 걱정이 앞섰다.

팀장실에서 또 한바탕 웃음소리가 들려 돌아보니 경원이 다시금 기자들을 휘어잡고 있었다. 경원의 입담은 회사 안에서도 유명했다. 그가 영업팀이 아닌 연구팀이라는 것에 모두 물음표를 그릴 정도였으니까. 기자들 사이를 종횡무진하는 그를 보며 소위 '약장사'라는 게 저런 걸까 싶었다.

어차피 들떠 있어 봤자 도움 될 건 없으니 평소보다 빨리 실험실로 들어갔다. 어제 약물을 투여한 흰 쥐들이 팔딱거리며 투명 통 안을 쏘다니고 있었다. 밤새 이상 징후를 보인 녀석은 없어 보였다.

녀석들의 귓바퀴에 적어 놓은 번호별로 각기 다른 물질을 주입하고 관찰을 이어 갔다. 어제부터 쳇바퀴에서 내려올 생각을 않는 녀석, 온종일 음식에 코를 박고 좀체 얼굴을 보여 주지 않는 녀석, 보물이라도 찾는지 끊임없이 톱밥을 헤집고 다니는 녀석까지. 녀석들의 아침은 인간 못지않게 바빠 보였다. 저 하늘에 누군가가 있어 인간들을 내려다보고 있다면 이런 기분일까.

"실험 쥐한테 쳇바퀴 놔 주는 사람은 책임님밖에 없을 거예요."

돌아보자 후배가 웃고 있었다.

"하하, 그런가."

"팀장님께서 찾으세요."

"응, 고마워."

팀장실에 도착하니 기자들은 다 돌아갔는지 조용했다. 열려 있는 문에 노크하자 경원이 돌아보며 웃었다.

"어, 커피 한잔하자고."

"제가 하겠습니다."

"아냐, 아냐, 앉아 있어."

하는 수 없이 소파에 앉아 기다리자 경원이 커피

두 잔을 들고 맞은편에 앉았다.

"기자들은 다 간 거예요?"

"어, 아침부터 시끄러웠지?"

"팀장님이 고생하셨죠."

"사실 니가 인터뷰해야 되는데."

"네?"

"솔직히 다 니 작품이잖냐. 나야 뒤에서 탬버린만 흔들었고."

"에이, 무슨 말씀이세요."

"아냐, 다 아는 사실인데 뭐."

"에이, 말도 안 됩니다. 팀장님 안 계셨음 전 진작에 포기했을 거예요."

경원이 말없이 웃더니 내 어깨를 주물렀다.

"도하야. 넌 내가 책임지고 당겨 줄게, 형 믿지?"

말없이 웃어넘기자 경원이 흡족한 미소를 띠며 내 어깨를 두드렸다. 그가 커피 잔을 들고 창가로 걸어가 경치를 내다보며 말했다.

"정말 다 왔다, 도하야……. 이제 우리도 남들처럼 떵떵거리면서 사는 거야……."

그렇게 말하는 그의 뒷모습을 보고 있자니 콧잔

등이 시큰해졌다. 장장 10년이었다. 그동안 나를 비롯한 후배들은 연구에만 집중하면 그만이었지만, 그는 우리 프로젝트가 엎어지지 않도록 외부에서 계속 밀려드는 압력을 홀로 지탱해야 했다. 안 될 거라는 조롱과 비아냥이 하루가 멀다 하고 이어졌다. 특히 임원 회의에서 만신창이가 되어 돌아오는 그는 쳐다보기가 미안할 정도였다.

하지만 그럴 때면 경원은 도리어 우리를 향해 왜 이렇게 기가 죽어 있냐며 씩씩하게 웃어 보였다. 기약 없는 연구에 누구보다 힘들었을 그였을 텐데도. 그런 의미에서 신약 탄생의 일등 공신은 누가 뭐라 해도 그였다. 감상에 젖어 있는데 아침에 궁금했던 일이 떠올랐다.

"아, 맞다. 밖에 시위하는 사람 있던데. 무슨 일인지 아세요?"

"시위?"

경원이 창문 가까이 다가가 아래를 내려다보았다. 그의 얼굴이 구겨졌다.

"하, 저 아줌마 아직도 저기 있네. 어, 별거 아니야. 신경 쓰지 마."

그가 돌아보며 별일 아니라는 듯 웃어 보였다. 그

의 반응에 궁금증만 커졌지만 대답을 피하는데 더 물어볼 수 없었다.

FDA에서 추가 자료를 요청해 밤 11시가 넘어서야 퇴근길에 오를 수 있었다. 자정에 가까운 시각에도 불구, 열차는 사람들로 발 디딜 틈이 없었다. 겨우 몸을 끼워 넣고 서 있는데 이어폰에서 관심 있는 내용이 흘러나왔다.

"맨날 술 먹고 로비하고 골프 치고. 암암리에 뭐 안 하는 게 없어요."

"이처럼 국민의 안전을 책임져야 할 식약처가 비리의 온상이 됨에 따라……."

소문만 무성했던 식약처 비리가 도마 위에 오른 것이다. 뉴스는 정황과 증거들을 소개하며 관련자의 녹취를 보도했다. 경원에게 언젠가 썩을 대로 썩었다는 이야기를 들은 적이 있었는데, 괜한 말이 아니었구나 싶었다. 그렇게 뉴스에 귀를 기울이는데 앞으로 낯익은 얼굴이 스쳐 지나갔다. 시큰둥하게 있던 나는 한발 늦게 전율했다.

분명 나연이었다.

돌아보자 그녀는 사람들 틈을 비집으며 어느새 다음 칸으로 이동하고 있었다. 나는 불가능한 일이라고 생각하면서도 뭔가에 홀린 듯 그녀를 뒤쫓았다. 열차를 가득 메운 인파 때문에 움직이는 게 쉽지 않았다. 내게 밀쳐진 사람들이 얼굴을 찌푸렸다.

"아……."

"죄송합니다, 죄송합니다."

민폐라는 걸 알면서도 어쩔 수 없었다. 그녀의 얼굴을 다시 한번 확인하고 싶었다. 그때 열차가 속도를 줄이며 정거장에 멈춰 섰다. 나는 조급함에 필사적으로 허우적댔다. 하지만 우르르 하차하는 사람들 때문에 외려 열차에서 튕겨 나오고 말았다.

까치발을 들고 서서 혹시나 그녀가 내리진 않았는지 주위를 둘러보았다. 플랫폼 어디에도 그녀의 모습은 보이지 않았다. 문이 닫힌다는 신호음이 들렸고, 열차 문이 닫히기 직전 탑승하는 쪽을 택했다.

서둘러 그녀가 건너간 다음 칸으로 이동했다. 하지만 그녀는 물론, 비슷한 여자도 눈에 띄지 않았다. 마지막 칸이라서 더 찾는 것도 불가능했다. 놓친 건가. 낙심하는 순간 창밖으로 낯익은 형체가 보였다. 그녀였다.

출입문 창에 바싹 붙어서 그녀의 얼굴을 확인하려 애썼다. 그녀는 플랫폼에서 꽃을 들고 서 있던 남자에게 안긴 채 행복해하고 있었다. 미간을 좁히며 그녀의 얼굴을 조금이라도 더 보기 위해 버둥거렸다. 하지만 그녀는 내 쪽을 돌아볼 듯하면서도 끝끝내 돌아보지 않았다. 열차가 달리며 그녀의 모습이 점점 작아졌다.

환승역에서 내려 구석 벤치에 가 앉았다. 핸드폰 앨범을 여니 나연과 라라가 환하게 웃고 있는 사진이 보였다. 왜 그렇게 발버둥을 쳤는지 자괴감이 들었다. 그저 닮은 사람에 불과했는데. 아직도 그녀의 부재에 적응하지 못하고 있단 사실에 괴로웠다.

"선생님."

고개를 드니 공익 요원이 서 있었다.

"죄송하지만 막차가 끊겨서. 다른 교통편을 이용하셔야 할 것 같습니다."

"아. 네."

벌써 시간이 그렇게 됐나. 주위를 둘러보니 어느 새 공익의 안내에 따라 모두가 에스컬레이터로 이동하고 있었다. 가방을 챙겨 에스컬레이터 줄 맨 뒤로 가 섰다. 전부 탑승하고 내 차례가 됐을 때였다.

뒤에서 우웅, 하는 짐승 울음소리가 들렸다. 들릴 듯 말 듯 한 작은 소리였지만, 마치 내 어깨를 잡아채는 느낌에 돌아보지 않을 수 없었다. 터널 끝에 짐승의 안광 같은 게 반짝거렸다. 뭐지? 생각하는 순간 안광은 점차 커지더니 열차가 돼 들이닥쳤다.

철갑을 두른 괴물

어? 끊겼다고 하지 않았나?

에스컬레이터 위쪽을 보자 어느덧 사람들이 코너를 돌아 사라지고 있었다. 나는 열차의 정체를 알 수 없어 좀 더 지켜봤다. 열차는 속도를 줄이더니 플랫폼에 정차해 문을 열어젖혔다. 열차 측면에 붙은 네온사인에는 '구파발'이라고 불이 들어와 있었다. 구파발행이라면 타도 되는 열차였다. 기관실 쪽을 보니 기관사도 내리지 않았다.

조심스럽게 열차에 올라 앞뒤를 살폈다. 승객은 보이지 않았다. 타도 되나, 생각하는 순간 열차 문이 닫히며 서서히 움직이기 시작했다. 엎질러진 물이었다.

나는 팔걸이가 있는 구석 자리에 앉아 귀에 이어폰을 꽂았다.

랜덤 재생을 하자 나연이 좋아하는 영화 〈러브레터〉의 OST인 'Gateway To Heaven'이 흘러나왔다. 갑작스러운 야근에 방금 전 일도 있어서 그런지 피로가 몰려왔다. 최대한 잠들지 않으려고 애썼지만 나도 모르게 눈이 감겼다. 중간에 잠깐 정신이 들었을 때 동호대교 너머 한강의 야경이 보였지만, 무거워질 대로 무거워진 눈꺼풀을 들어 올리긴 역부족이었다.

"저기요."

누군가 어깨를 잡아 흔들었다. 얼마나 잔 거지. 눈을 뜨자 낯익은 코트가 보였다. 어? 저 코트는……. 고개를 들자 나를 보며 웃고 있는 나연이 보였다.

"누가 업어 가도 모르겠네."

뭐지.

"잘 있었어?"

그녀는 아무렇지 않은 듯 포근하게 웃어 보였다. 늘 사진 속에서만 볼 수 있었던 표정. 그 미소가 다시금 내 앞에서 그려지고 있다.

그녀가 내 손을 잡고 밖으로 이끌었다. 열차를 나오자 정면에 '구파발'이라고 적힌 역명판이 보였다. 결국 종점까지 온 건가. 구파발역은 결혼 전 나연이 살던 집 근처라 내겐 익숙한 곳이었다. 다만 플랫폼 안이 예전과 달리 한겨울처럼 으슬으슬했다. 내가 하얀 입김을 뿜자 나연이 목도리를 풀어 내 목에 감아 주었다.

　　"춥지?"

　　오랜만에 와 보는 구파발역에, 그녀까지 옆에 있으니 마치 결혼 전 데이트하던 때로 돌아간 것 같았다. 목도리에 남아 있는 체온과 향기 역시 그녀의 것이 분명했다. 멍해져 나연을 바라보자 그녀가 나를 올려다보며 코끝을 찡그렸다. 나를 바라보는 그녀의 눈가에 물기가 고인다.

　　"많이 힘들었지? ⋯⋯보고 싶었어, 오빠."

　　나연이 웃으며 말했다. 그녀가 내 가슴을 파고들며 두 팔로 나를 꼬옥 끌어안았다. 익숙한 느낌이었다.

　　"너무 생생하더라고요⋯⋯. 촉감 같은 것도. 진짜 만지고 있는 것처럼요."

　　"네⋯⋯."

"도대체 이게 무슨 꿈일까요?"

일주일 뒤, 나는 정신과에 들러 그날 꾼 꿈에 대해 털어놓았다. 의사는 내 터무니없는 질문에도 진지한 자세로 같이 고민해 주었다.

"글쎄요. 일반적으로는 내재된 욕구의 발현이다, 그렇게 보는 게 맞겠지만…… 도하 씨 이야길 듣다 보니 그런 생각이 드네요, 왜…… 구운몽이란 소설 있잖아요. 우리가 살고 있는 현실도 어쩌면…… 한낱 꿈일지도 모른다? 그런."

내가 갸웃하자 의사가 담담하게 이야기를 계속했다.

"어쩌면…… 하늘에 계신 아내 분께서 도하 씨가 걱정돼 잠시 꿈으로나마 찾아왔던 건 아닐까."

뜬구름 잡는 이야기인지 알면서도 왠지 믿고 싶어지는 말이었다. 내가 생각에 잠기자 의사가 머쓱하게 웃어 보였다.

"너무 돌팔이 같나요?"

하지만 그가 농담처럼 건넨 이야기는 내 마음속에서 잔잔한 반향이 되어 한동안 사라지지 않았다. 가벼운 농담만으로도 환자를 이렇게나 위로할 수 있다니, 역시 예약 잡기 힘든 데에는 이유가 있구나 싶었다.

　이튿날, 회사 근처 식당에서 점심을 먹는데 TV에 미스터리 프로그램이 방영됐다. 진행자는 게스트와 마주 앉아 그가 겪은 신비한 일에 대해 묻고 있었다.

　"그럼 정말 사후 세계가 있다고 믿으시는 건가요?"

　"그럼요. 외국에는 이런 사례가 아주 많고. 저 같은 경우엔 의사가 사망 선고하는 것까지 들었으니까요."

　"와, 정말 놀라운데요."

　게스트가 웃으며 말을 이었다.

　"그리고 조금 있자 침대에 누워 있는 저를 발견할 수 있었고. 그때 알았죠. 아, 내가 죽었구나."

　최근 이상한 꿈을 꿔서 그런지 TV에서 눈을 떼지 못하자 맞은편에서 식사하던 여자 후배가 웃으며 말했다.

　"책임님, 뭘 그렇게 심각하게 보세요."

　"어?"

　"저거 다 작가들이 써 주는 거예요. 설마 믿는 거 아니죠?"

　"아…… 그런가."

웃어넘겼지만 자꾸 눈이 가는 건 어쩔 수 없었다. 그렇게 TV를 보고 있는데 뒤늦게 합류한 남자 후배가 자리에 앉으며 물었다.

"팀장님은?"

"과기부에 표창 받으러 가셨어요."

"표창?"

"네, 내일은 연예인들이랑 뭐 촬영하신다던데."

"와, 우리 팀장님 완전 셀럽이네?"

"나도 보고 싶다, 연예인."

"어? 책임님."

옆에 앉은 후배가 손목을 잡았다.

"응?"

"이 시계 멈춘 거예요? 시간이 이상한데?"

손목시계를 확인하니 정말로 11시에 멈춰 움직이지 않고 있었다. 언제부터 멈춰 있었던 거지. 주말에 수리점에 들러야겠다고 생각했다.

그리고 그날. 나는 기어이 미친 짓을 하고 말았다. 퇴근해 환승역에 도착했지만 집으로 가는 열차에 오르지 않았다. 구파발역에서 나연과 만난 게 꿈인 줄 알면서도, 다시 한번 막차 이후에 들어오는 열차가 있는지 확인하고 싶었다.

막차가 떠나자 열차를 놓친 줄 모르는 사람들이 하나둘 플랫폼으로 들어오기 시작했다. 잠시 후 공익요원이 나타나 사람들에게 막차가 끊겼음을 알렸다. 나 역시 그와 눈을 마주치며 플랫폼을 나설 것처럼 자리에서 일어났다. 일부러 천천히 걸어 에스컬레이터 줄 맨 끝에 섰다. 사람들이 에스컬레이터에 올라 코너로 사라지는 것을 확인하고 터널을 돌아봤다. 아직은 깊이를 알 수 없는 어둠뿐이었다. 나는 터널에 시선을 고정한 채 기다렸다.

얼마나 흘렀을까. 에스컬레이터가 멈췄다. 핸드폰을 보니 12시 20분을 지나고 있었다. 헛웃음이 나왔다. 도대체 뭘 기대한 건가. 그런 일이 실재할 리 만무하지 않나. 세상에 나 같은 얼간이가 또 있을까 싶었다.

실소를 흘리며 멈춰 있는 에스컬레이터에 발을 올릴 때였다. 우웅, 하는 예의 그 울음소리가 다시금 들려왔다. 놀라서 돌아보니 터널 끝에서 작은 불빛이 그 크기를 키우며 나를 향해 달려오고 있었다. 경적 소리와 함께 철로가 흔들리며 플랫폼 바닥이 진동했다. 너무 놀라 눈조차 깜빡일 수 없었다. 철갑을 두른 괴물은 이번에도 내 앞에 멈춰 서 아가리를 벌려 보였다. 네온사인은 이번에도 '구파발'이었다. 힘겹게 고개를 돌려 기관실 쪽을 바라보았다. 역시 아무도 내리지 않는다.

열차에 발을 내딛다 다리를 절어 하마터면 열차와 승강장 사이로 발이 빠질 뻔했다. 괴물의 배 속엔 그때처럼 아무도 보이지 않았다. 벙찌는 것도 잠시, 출입문이 닫히며 열차가 긴 숨을 내쉬었다.

먼젓번과 같은 자리에 앉아 이 상황이 꿈이 아닌지 허벅지를 꼬집어 보았다. 익숙한 통증. 꿈 따위가 아니다. 그럼 이 열차는 뭐지? 생각하는 사이 눈앞으로 3호선의 정거장들이 하나둘 지나가는 게 보였다. 정신을 차렸을 땐 어느새 노랫소리가 울려 퍼지고 있었다.

"이번 역은 우리 열차의 종착역인 구파발, 구파발입니다……."

이내 열차가 멈춰 섰다. 축축해진 손바닥을 바지에 닦으며 한 발 한 발 플랫폼으로 나오자 또다시 한기가 덮치며 입김이 뿜어져 나왔다. 떨리는 몸을 추스르며 고개를 돌리자 플랫폼 한가운데 웃으며 서 있는 나연이 보였다.

나는 얼굴이 일그러졌다. 이건 불가능한 일이었기 때문이다. 그녀에게 다가갈수록 옛 기억들이 주마등처럼 머릿속을 스쳤다.

남산타워 레스토랑에서 나를 보며 미소 짓던 그녀가, 라라의 손을 잡고 노을빛에 반짝이는 바닷가를 걷다 웃으며 돌아보던 그녀가, 신혼여행 호텔 이불 안에서 내 얼굴을 조용히 어루만지던 그녀가. 점점 가까워지고 있다.

"나연아, 진짜 너야?"

내가 목소리를 쥐어짜 묻자 나연이 눈물을 글썽이며 끄덕였다. 두 팔을 벌려 그녀를 안아 보았다. 잊으려고 매분, 매초 노력했지만 단 한순간도 잊을 수 없었던 느낌. 내가 지금 안고 있는 사람은 틀림없이 나연이었다. 뜨거운 뭔가가 볼을 타고 흘러내렸다. 나는 그녀를 힘껏 끌어안으며, 다시는 잃어버리지 않겠노라고 다짐했다.

베일에 가려진 시간

나연과 구파발역을 나와 인근 하천을 걸었다. 무슨 이야기를 나눴는진 기억나지 않지만 그녀의 뒤로 보이는 아파트 불빛이 아름다웠던 것만큼은 분명하게 떠오른다. 30분쯤 걷자 소나기가 쏟아졌다. 나는 웃옷으로 그녀를 감싸 안아 근처 카페로 들어갔다.

커피를 주문하고 창가 쪽에 앉은 우리는, 결혼 전 데이트를 할 때처럼 시간 가는 줄 모르고 떠들었다. 이 역시 내용은 잘 기억나지 않지만, 나를 보며 다정하게 웃는 그녀의 얼굴이 황홀했던 것만큼은 선명하다. 실로 오랜만에 느껴 보는 충족감이었다.

다음 날, 그다음 날도 마찬가지였다. 그녀와 늦게

까지 있느라 수면 부족에 시달렸지만 매일 밤 그녀를 만날 수 있다는 생각에 하루하루가 구름 위를 걷는 듯했다. 회사 후배들조차 지나가며 무슨 좋은 일 있으시냐고 물어 올 정도였다. 솔직히 대답하면 나를 미쳤다고 생각할 테고, 자칫 이 비밀이 퍼지기라도 했다간 구파발역에서 기다리고 있을 나연에게 어떤 일이 생길지 몰라 말없이 웃을 수밖에 없었다.

퇴근하고 구파발행 열차에 오르기 전까지 찜질방에 들러 잠깐 눈을 붙이는 게 일상이 됐다. 열차는 단한 번도 늦는 적이 없었다. 저승과 연결되는 열차인 걸까? 아니면 평행 세계? 뭐라도 상관없었다. 구파발역에 가면 늘 나연이 있었기에. '그' 사건에 대해선 묻지 않았다. 그녀가 자신이 죽었다는 걸 모르는 것 같기도 했고, 딸까지 살해당했단 사실을 알게 되면 어떻게 반응할지 걱정됐기 때문이다. 그런 건 천천히 말해도 늦지 않으리라.

우리는 심야 영화를 보러 가고, 한강의 야경을 안주 삼아 맥주를 마시기도 했다. 백화점 외벽의 미디어 파사드를 구경하기도 했다. 그녀는 쇼를 관람하는 내내 내 손을 놓지 않았다. 그녀의 얼굴이 백화점 벽에서 반사된 빛으로 형형색색 물들었다. 르누아르가 부활한 다 해도 지금 이 순간 그녀의 아름다움을 모두 담아내 긴 어려울 것 같았다.

쇼가 끝난 뒤엔 근처 재즈 바로 들어갔다. 구석 테 이블에 앉아 와인 잔을 기울이는데 익숙한 선율이 흘 러나왔다.

"어? 라라랜드다."

나연이 소녀처럼 상기돼 말했다. 그녀는 〈라라랜 드〉의 엄청난 팬이었다. 우리는 이 영화를 극장에서만 일곱 번을 봤다. 나연은 주요한 대목에서는 언제나 주 인공들의 대사를 내 귀에 한 박자 빨리 속삭이곤 했 다. 그리고 우리는 그 해 찾아온 딸의 이름을 '라라'로 지었다. 태교로 OST를 많이 들었는데, 이렇게 또 직접 연주를 듣긴 처음이었다.

"자, 이쪽 보세요, 치즈."

누군가 우리를 불러 고개를 돌리자 폴라로이드 카메라가 보였다. 당황해 웃자 찰칵 소리와 함께 플래 시가 번쩍였다. 카메라를 든 남자가 사진을 빼 흔들더 니 테이블 위에 올려놓으며 웃었다.

"이벤트로 손님들 사진을 찍어 드리고 있어서요.

좋은 시간 되십쇼."

"아, 네……."

우리는 황당해 서로의 얼굴을 보고 웃었다. 사진 속 뿌연 필터가 걷히며 상이 점점 또렷해져 갔다.

햇살에 눈을 뜨니 오전 10시가 넘은 시각이었다. 주말이라 알람이 울리지 않은 덕에 늦잠을 잘 수 있었다. 오랜만에 푹 자서인지 몸이 날아갈 듯 가벼웠다. 간단히 씻은 다음, 트레이닝복으로 갈아입고 근처 공원으로 향했다.

주말이라 평소보다 사람이 많았다. 호흡을 고르며 천천히 달리기 시작했다. 몸의 감각들이 깨어나며 활기가 돌았다. 간밤의 기억들이 떠오르며 나도 모르게 미소가 지어졌다. 손바닥을 펴자 손가락 사이로 바람이 지나가는 게 느껴졌다. 행복하다, 고 생각했다. 정말 오랜만에 느껴 보는 기분이었다. 그렇게 평소보다 두 배쯤 빠른 속도로 30분가량 달리다 보니 숨이 턱 끝까지 차 도저히 달릴 수 없었다.

무릎을 짚고서 숨을 고를 때였다. 옆에서 으르렁거리는 소리가 들려 쳐다보니 레트리버 한 마리가 나를 보며 이빨을 드러내고 있었다.

마치 커다란 위험이라도 발견한 것처럼.

그 표정이 섬뜩해 움찔하는데 녀석이 이내 컹컹 짖으며 달려드는 바람에 엉덩방아를 찧고 말았다. 20대 여성 견주가 놀라 목줄을 잡아당겼다.

"감자야! 너 왜 그래!"

당황한 견주가 어쩔 줄 몰라 하며 고개를 숙였다.

"어우, 괜찮으세요? 어우, 죄송해요."

"아, 괜찮아요."

"감자! 너 가만히 안 있어? 너 진짜 혼난다! 아우, 정말 죄송해요, 한 번도 이런 적 없었는데, 왜 이러지."

견주의 사과에도 녀석은 계속해서 짖어 댔다. 어떻게든 제 주인을 지키려는 듯이. 아무래도 내가 피하는 쪽이 빠를 것 같았다.

"그럼."

"죄송합니다."

등 뒤로 견주의 사과가 연신 이어졌다. 천사견이라고 들었는데, 모든 레트리버가 그렇지는 않은 모양이었다.

　돌아가는 길에 편의점에 들러 간단한 점심거리를
샀다. 아파트 엘리베이터에 타 닫힘 버튼을 누르는데
문틈으로 작은 발 하나가 보였다. 열림 버튼을 누르자
여섯 살쯤 돼 보이는 여자아이가 토끼 인형을 안고 나
를 멀뚱멀뚱 올려다보고 있었다.

　"탈 거야?"

　아이는 대답 없이 쳐다보기만 했다. 통 속내를 알
수 없어 열림 버튼을 누른 채 나도 따라 가만히 바라
봤다. 곧 복도에서 누군가 뛰어오는 소리가 들렸다. 아
이 엄마가 아이를 붙잡으며 고개를 숙였다.

　"아유, 죄송합니다, 그러지 말라니까."

　나는 두 사람이 탈 수 있게 뒤쪽으로 붙어 섰다.

　"감사합니다."

　아이 엄마가 미안해하며 엘리베이터에 올랐다. 그
녀가 버튼을 누르려다 13층에 불이 들어와 있는 것을
발견하고 놀란 눈이 되어 돌아보았다.

　"1301호 사세요?"

　"네."

"아, 안녕하세요, 저 한 달 전에 옆집에 이사 왔어요."

"아, 안녕하세요."

"안 그래도 이사 온 다음에 몇 번 음식 가지고 들렀었는데. 갈 때마다 안 계셔서."

"아, 네……."

그녀와 나는 엘리베이터가 올라가는 동안 간단한 인사를 나눴다. 아래를 보니 아이가 나를 관찰하듯 올려다보고 있었다. 라라가 살아 있었다면 친구가 될 수 있었을 텐데, 하는 아쉬움이 들었다.

"애가 참 예쁘네요."

"아유, 말도 마세요, 얼마나 사고뭉친지."

내가 아이를 보며 웃자 아이 엄마가 물었다.

"그럼 혼자 사시는 거예요? 다른 가족분들은 못 본 것 같은데."

"아, 네."

"아."

아이 엄마가 나를 바라보며 알 수 없는 웃음을 지었다. 뻘쭘해져 층수만 올려다보는데 곧 도착 알림음과 함께 엘리베이터 문이 열리며 제복 차림의 순경이 보였다. 현관문을 살피던 그가 엘리베이터 소리에 돌아서서 나를 발견하곤 눈이 동그래졌다.

"어? 권도하 씨?"

"네, 무슨 일이시죠?"

내가 의아해하면서 내리자 순경이 꾸벅 인사했다.

"아, 안녕하세요. 파출소에서 나왔는데요. 관찰관 님께서 연락이 안 된다고 하셔서."

"관찰관이요?"

"예. 혹시 전화번호 바꾸셨어요?"

"……무슨 말씀이신지."

"응? 김형호 관찰관님 모르세요?"

"……모르는데요."

순경이 들고 있던 서류를 확인하며 말했다.

"권도하 씨…… 보호 관찰 중 맞는데?"

보호 관찰이라고? 황당해 순경을 쳐다보는데 뒤쪽으로 하얗게 질린 아이 엄마가 아이를 서둘러 감싸 안는 게 보였다.

"보호 관찰 중 아니세요?"

순경이 물었지만 겁에 질린 모녀의 모습에 나 역시 멍해지는 기분이었다.

"권도하 씨?"

순경의 말이 웅웅 울리며 멀게 느껴졌다. 뭐가 어
떻게 된 거지.

월요일이 돼서도 내가 보호 관찰을 받고 있다는
사실에 심란해 일이 손에 잡히지 않았다. 전화해 물어
봤지만 담당관이 휴가 중이라 모레 직접 방문하시는
게 가장 빠를 것 같다는 대답만 돌아왔다.

경원이 갑자기 잡은 회식에서도 마찬가지였다. 머
릿속에는 내가 왜 보호 관찰 대상인지에 대한 생각뿐
이었다. 병뚜껑이 날아가는 소리에 정신을 차리니 경
원이 뿜어져 나오는 맥주병을 엄지로 막으며 늘어놓은
유리잔에 소맥을 말고 있었다. 현란한 동작에 후배들
이 환호성을 질렀다. 신이 난 경원이 맥주병을 흔들어
분사하자 후배들이 비명을 지르며 식탁에서 달아났다.
그가 소맥 잔을 돌리며 말했다.

"갑자기 회식 잡혀서 놀랐지?"

"내일 오후에 출근해도 되는 거죠?"

"하하하."

"아, 뭔 일인데 그러세요."

"뭐 FDA라도 통과했어요?"

"어?"

경원이 움찔하자 오히려 더 굳어지는 건 후배들이었다.

"에이, 장난이죠?"

"팀장님, 저 이런 거 가지고 장난치시면 진짜 화냅니다?"

경원이 김샌 듯 투덜거렸다.

"아, 누구한테 들었어."

"아, 농담이죠! 정말 통과했다고요?"

"팀장님, 지금 미국 식약처 말씀하시는 거 맞죠?"

"하하, 다음 달 뽀너스 기대해?"

"와, 미친!"

후배 한 명이 자기도 모르게 벌떡 일어났고, 그 모습에 모두가 박장대소했다. 후배들이 서로를 부둥켜안고 훌쩍였다. 모두가 어느 정도 진정되자 경원이 뭉클한 얼굴로 말했다.

"다들 진짜 고생 많았어……. 자, 우리 제일 고생한 권도하 책임에게 박수!"

"책임님, 감사합니다!"

"책임님, 축하드려요!"

경원과 후배들이 나에게 박수를 보냈다. 하지만 나는 이 상황이 와닿지 않고 그저 남의 일처럼 느껴졌다. 마치 텅 빈 영화관에 앉아 관심 없는 영화를 보는 것처럼.

"저…… 죄송한데 잠시 화장실 좀."

분위기를 망치기 싫었지만 이게 내가 할 수 있는 최선이었다. 내가 자리에서 일어나자 모두가 벙쪄서 올려다보았다.

"어, 그래……."

경원이 당황해 대답했다. 나는 고개를 주억이고 화장실로 향했다.

"낮에 무슨 일 있었어?"

"아니요, 없었는데?"

"오늘 하루 종일 이상하긴 하셨어……."

뒤로 팀원들이 속삭이는 소리가 들렸지만 어쩔 수 없었다.

화장실에 들어와 얼굴이 떨어져 나갈 정도로 세수했다. 아무리 생각해도 보호 관찰을 받을 짓을 한 기억은 없었다. 그래, 뭔가 착오가 있었겠지, 생각하며 고개를 들 때였다.

거울 속에서 처음 보는 남자가 나를 바라보며 담배를 피우고 있었다. 남자가 서 있는 위치는 분명 내가 반사돼 보여야 하는 위치임에도 나는 어디에도 보이지 않았다. 알 수 없는 적개심에 온몸이 떨려 왔다. 그런 내 꼴이 우스웠는지 사내가 피식하고 비웃었다. 케케묵은 불쾌함이 몸속 깊은 곳에서부터 피부를 뚫고 올라오는 게 느껴졌다.

당신 누구야.

비닐에 싸인 캐리어

이틀 뒤 연차를 내고 서울 북부 보호 관찰소로 향했다. 보호 관찰소에 들어서자 직원 한 명이 나를 상담실로 안내해 주었다. 노크하고 기다리자 안쪽에서 굵직한 목소리가 들려왔다.

"네, 들어오세요."

들어가자 체격이 좋은 중년 남성이 일어나 반겨 주었다.

"아, 도하 씨. 어서 오세요. 핸드폰 번호는 왜 또 바꿨어요?"

"뭔가 착오가 있으신 것 같은데."

"예?"

"제가 보호 관찰 같은 걸 받은 기억이 없어서요."

관찰관은 입을 헤벌리고 바라보다가 말했다.

"또 까먹으셨구나."

"예?"

"아, 아니요. 다시 말씀드리면 되긴 하는데…… 볼 때마다 신기해서."

"무슨 말씀이신지."

관찰관은 넉살 좋게 웃으며 자리부터 권했다.

"일단 앉으시죠, 커피 드실래요? 아님 녹차?"

"아뇨. 괜찮습니다."

관찰관은 내 말에 정수기로 향하다 자신의 자리로 돌아갔다. 그가 곤란한 듯 턱밑을 긁적였다.

"아, 이걸 어디서부터 말씀드려야 되나……. 도하 씨, 제가 이 말씀을 몇 번째 드리고 있는 건진 모르겠지만, 처음부터 다 설명드릴 순 없구요. 이따 가시는 길에 도하 씨 파일 복사해서 드릴 테니까, 그거 읽어 보시면 될 것 같구……. 간단히만 말씀드릴게요. 도하 씨는 현재 국소적 기억상실증을 앓고 계세요."

국소적 기억상실증?

"그렇다고 뭐, 일상생활에 지장이 있거나 그런 건

아닌데. 특정 기간에 있었던 일만 전혀 기억 못 하시는 거죠. 그리고 그 기간에 있었던 일 때문에 보호 관찰도 받고 계시는 거고요."

무슨 이야기를 하는 거야, 이 사람.

"음. 나머진 뭐 서류에 나와 있으니까요. 이따 가시면서 찬찬히 읽어 보시면 될 것 같구……. 아, 이걸 꼭 말씀드려야 되는데. 다음 주에 이혼 조정이 있으세요."

"이혼 조정이요?"

"네, 전에 이것 좀 알려 달라고 신신당부하셨는데, 기억 안 나세요?"

"나연이가 살아 있다구요?"

"네?"

관찰관은 멀거니 바라보다가 입을 뗐다.

"어…… 이걸 어쩌나. 더 심해지셨네."

뒤이어 관찰관이 이런저런 설명을 덧붙였지만 아무것도 귀에 들어오지 않았다. 집에 와 그가 준 기록을 살펴봤다. 서류를 수십 번 정독했지만 마치 다른 사람의 기록처럼 낯설기만 했다. 소파에 수그리고 앉아 머리를 감쌌다.

생각하자, 생각하자. 도대체 무슨 일이 있었던

거야.

가만, 그럼 내가 봤던 시체는 뭐지? 그게 나연의 시체가 아니라면 도대체.

베란다에 파란 비닐로 싸여 있는 캐리어가 눈에 들어왔다. 마치 냄새가 빠져나오지 못하도록 꽁꽁 싸매 놓은 것처럼. 늘 보이는 곳에 있었지만 한 번도 의심해 본 적 없던 캐리어였다. 나는 일어나 캐리어로 천천히 다가갔다.

온몸에 거부 반응이 일었다. 본능이 말하고 있다. 저건 판도라의 상자라고. 여는 순간 결코 열기 전으로는 돌아갈 수 없을 거라고.

캐리어를 감싸고 있는 비닐을 벗겼다. 캐리어에 손이 닿았을 때, 땀에 흠뻑 젖어 가방을 거칠게 테이핑했던 기억이 떠올랐다. 잠금장치는 이미 수십 번 테이프가 붙었다 떼어진 자국으로 지저분했다. 마지막 장치까지 풀자 마침내 캐리어가 두 쪽으로 갈라지며 내용물이 드러났다.

그것은.

나연의 옷들이었다. 언제부턴가 집 안에서 종적을 감춘 그녀의 옷들. 다 여기 있었구나 생각하는데 옷들

아래로 뭔가가 보였다. 헤집어 보니 작은 택배 상자였다. 상자에는 사진들이 가득했다. 나연이 엊그제 거울 속에서 본 남자와 같이 찍은 사진들이. 두 사람은 휴양지 곳곳에서 카메라를 향해 웃고 있었다. 이제 보니 캐리어 안에 든 옷들 모두 사진 속 나연이 입고 있는 옷들이었다. 상자 바닥에 빨간색 USB가 보였다.

나는 멈춰야 된다고 생각하면서도 어느새 노트북으로 걸어가고 있었다. 전에도 이런 적이 있었던 것처럼 모든 과정이 익숙했다. 한두 번 있었던 일이 아닌 것 같았다.

USB를 연결하자 동영상 파일 몇 개가 보였다. 생성 일자를 보니 작년에 만들어진 영상이었다. 모두 드래그해 동영상 플레이어에 옮겨 놓았다.

바다는 마치 파란 물감을 풀어놓은 것 같았다. 카메라가 돌아가며 반대편을 비추자 요트 의자에 앉아 바닷바람을 맞고 있는 나연이 보였다. 그녀의 머릿결이 물결처럼 흩날렸다.

"흐, 뭐해."

그녀가 카메라를 발견하고 피식 웃었다. 그녀가

손을 뻗어 카메라를 가리자 호탕한 웃음소리가 들리며 카메라가 돌아갔다. 소리의 주인공은 거울 속에서 봤던 남자였다. 그가 바람을 쐬며 미소 짓는데 나연의 목소리가 들렸다.

"서준아, 너 부르는 거 아니야?"

"응?"

남자의 이름은 서준인 모양이었다. 다시 돌아간 화면에선 요트 조종사가 서준에게 할 말이 있는지 와 보라며 손짓하고 있었다. 카메라가 꺼지며 다음 동영상으로 넘어갔다.

이어지는 동영상에선 카메라가 심하게 흔들리고 있었다. 가만 보니 어떤 기구에 탑승 중인 것 같았다. 나도 알고 있는 기구였다. 뭐랬더라……. 그래, 플라이피시. 앞쪽이 나선형인 보트를 타고, 앞에서 끌어 주는 모터보트의 속도를 받아 수면 위를 계속해서 튀어 오르는 수상 레저 중 하나였다. 언젠가 나연과 바닷가에 갔다가 우연히 보고 타 볼까 했지만 라라를 혼자 둘 수 없어 포기했던 적이 있다. 하지만 영상 속 남자는 나연을 뒤에서 안고 스릴을 만끽하고 있었다. 바닷물이 쉴 새 없이 튀며 두 사람의 얼굴 위로 쏟아졌다. 카메라 렌즈 또한 절반 넘게 물기에 가려 제대로 보이는 게 없었다. 간간이 보이는 두 사람의 표정과 비명 같은 환호성만이 당시의 상황을 짐작게 할 뿐이었다. 여기서 노트북을 덮었어야 했다.

다음 동영상은 전망이 좋은 레스토랑이었다. 나연이 창가 쪽에 앉아 노을 지는 바다를 쓸쓸하게 바라보고 있었다. 그녀를 말없이 지켜보던 카메라가 물었다.

"무슨 생각해?"

"응?"

나연이 카메라를 돌아보며 멋쩍게 웃어 보였다. 그러곤 다시 말없이 바다를 응시했다. 강해지는 노을에 그녀가 점점 붉게 타올랐다. 카메라는 그런 그녀를 한참을 감탄하듯 바라보다가 꺼졌다.

그리고 다시 켜진 카메라는. 호텔 침대를 비추고 있었다. 아침 햇살이 하얀 이불에 반사돼 카메라의 초점이 방황하고 있었다.

누군가 이불 안에 있었다.

제발 아니길 바랐지만 서준이 이불을 들치자 안에는 속옷만 입은 나연이 자고 있었다. 나연이 잠에서 깨 나른한 미소를 지었다. 그녀가 카메라를 가리며 다시 이불을 뒤집어쓰자 서준이 크게 웃었다.

　그가 다시 이불을 잡아당기자 나연이 입술을 깨물며 웃더니 카메라 쪽으로 양팔을 뻗어 보였다. 그렇게 서준이 내려 둔 카메라에는 키스하는 두 사람이 고스란히 담겼다. 나는 일시 정지를 누르고 잠시 고개를 젖혀 천장을 바라보았다. 물기 때문인지 천장이 흐릿하게 보였다. 그녀가 왜 저기 있는지 이해할 수 없었다. 다시 틀면 후회할 걸 알면서도, 두 사람이 얼마나 깊은 관계인지 확인하고 싶었다. 스페이스 바를 누르자 서준이 입술을 떼며 말했다.

　"김나연, 넌 내 꺼야, 누구 꺼라고?"

　"니 꺼……."

　눈이 풀린 그녀가 거친 숨을 뱉었다.

　"내가 그 새끼보다 잘하지?"

　"됐어. 오빠 얘긴 하지 마."

　"왜."

　"그냥……. 나만 나쁜 년 되는 것 같잖아."

"너 나쁜 년 맞아."

"그럼 넌, 나쁜 놈이고?"

두 사람은 마주 웃더니 다시 서로의 입술을 삼켰다. 흥분한 나연이 한 손을 들어 그의 머리채를 끌어당겼다. 그 동작이 스위치를 켠 듯, 그가 나연의 쇄골에 얼굴을 묻으며 달리기 시작했다. 이내 절정에 다다른 그녀가 그의 품 안에서 온몸을 비틀었다. 나와의 관계에선 한 번도 없었던 반응이었다. 그녀의 입에서 저런 신음이 나올 수 있다는 것조차, 나는 까맣게 모르고 있었다. 서준이 그녀의 입에 엄지를 물렸고, 그녀는 그것을 힘껏 빨다 놓으며 긴 교성을 내질렀다.

사랑하는 도하 오빠에게

손목시계를 뒤집으니 글귀가 보였다. '사랑하는 도
하 오빠에게. 오빠의 영원한 사랑 나연이가' 나연이 첫
결혼기념일에 선물해 준 시계였다. 그녀는 시계를 채워
주며 말했었다. 앞으로도 오빠의 모든 시간을 함께하
고 싶다고. 하지만 그녀는 나에게 이혼을 요구했고. 잠
시 후면 이곳 가사 조정실에 나타난다. 아직도 실감나
지 않았다. 그 많은 사진과 동영상을 봤음에도, 그것은
딥페이크거나 나연과 닮은 사람을 데려다가 찍은 영화
처럼 느껴졌다.

문이 열리며 판사와 조정 위원들이 나타났다. 그
들은 재밌는 이야기 중이었는지 웃으며 들어오다가 나

를 발견하고는 짐짓 엄숙한 표정을 지어 보였다. 그들이 나에게 목례하고 자리를 찾아갔다.

　　그렇게 침묵 속에서 5분쯤 기다리자 노크 소리가 들렸다. 숨을 멈추고 문 쪽을 바라봤다. 문이 열리며 스모키 화장에 검은색 블라우스를 입은 나연이 나타났다. 나는 당황해 눈을 뗄 수 없었다. 그녀는 분명 나연이었지만 내 기억 속 그녀와는 전혀 다른 분위기였기 때문이다. 너무 낯설어 인사조차 건넬 수 없었다. 그녀가 판사와 조정 위원들에게 고개 숙였다.

　　"늦어서 죄송합니다."

　　"아니요, 딱 맞춰 오셨는데요, 뭐. 앉으세요."

　　판사가 자리를 권하자 그녀가 자리로 가 앉아 침묵을 지켰다. 일부러 내 시선을 피하는 듯했다. 뒤이어 그녀의 변호사로 보이는 남자가 들어와 넉살 좋은 미소를 띠며 모두와 인사를 나눴다. 나는 도저히 웃을 기분이 아니라 고개만 작게 끄덕였다.

　　"남편분?"

　　"네?"

　　"정말 변호인 없으셔도 괜찮으시겠어요?"

　　"……네."

맞은편에 조정 위원들이 나를 관찰하며 귓속말을 주고받는 게 보였다. 그 모습이 묘하게 신경에 거슬렸다. 판사가 말문을 열었다.

"자, 그럼, 누가 먼저 변론하시겠어요?"

나연의 변호사가 나를 향해 먼저 하겠냐고 물어보듯 눈짓했다. 나연은 변호사 옆에서 고개를 숙인 채 잠자코 있을 뿐이었다. 나는 이 상황이 답답해졌다. 나연과 내가 이혼하는데 이 많은 사람들이 왜 필요한지 이해되지 않았다.

"저 판사님."

"네, 도하 씨."

"잠깐 아내랑 나가서 따로 얘기 좀 하고 들어오면 안 될까요?"

판사가 고개를 돌려 나연에게 물었다.

"나연 씨, 그러시겠어요?"

그때 나연이 이곳에 들어온 뒤 처음으로 고개를 들어 나를 쳐다봤다. 원망과 혐오가 가득한 눈빛으로. 숨이 턱 막혔다. 그녀가 고개를 돌려 판사에게 대답했다.

"아니요."

딱 부러지는 대답에 판사가 민망해하며 나에게

전달했다.

"아…… 그냥 여기서 하셔야겠는데요."

내가 아무 말도 못 하고 나연만 바라보자 판사가 그녀의 변호사에게 손짓했다.

"먼저 하시죠."

"예."

변호사가 씩씩하게 대답하며 허리를 곧추세웠다. 처음부터 영 밥맛없는 놈이었다.

"존경하는 재판장님, 그리고 조정 위원 여러분. 인정할 건 인정하고 시작하겠습니다. 외도를 한 건 저희 의뢰인이 맞습니다. 그러나."

그가 호흡을 고르더니 힘주어 말했다.

"이것이 가정에 소홀했던 남편 분에게 면죄부가 될 수 있을까요? 이 점을 꼭 알아주셨으면 좋겠습니다. 왜냐면 저의 의뢰인은 직장 생활을 하면서도 중병을 앓는 딸의 양육을 도맡아 왔던, 누구보다 헌신적인 워킹맘이었기 때문입니다. 게다가."

변호사가 나를 흘긋 보더니 작심한 듯 말했다.

"양육권을 주장하는 데는 더욱 결정적인 이유가 있습니다. 그것은 바로, 별거 후 남편 분께서 보여 주셨던 도저히 납득하기 힘든 행동 때문입니다."

그 순간. 잊고 있었던 모든 기억이 돌아왔다.

구파발역에서 나와 나연과 하천을 걸었던 건 내가 아니었다. 서준이었다. 나는 하천 건너편에서 두 사람을 미행하고 있었다.

또 갑자기 내리는 소나기에 나연을 웃옷으로 감싸며 카페로 들어간 것도 내가 아니었다. 나는 카페 밖에서서 창가 쪽에 앉아 웃으며 떠드는 나연과 서준을 지켜보고 있었다. 굵어지는 빗줄기에 온몸이 다 젖었지만 그런 건 상관없었다.

두말할 것 없이 그녀와 심야 영화를 본 것도, 한강을 바라보며 맥주를 마신 것도 내가 아니었다. 미디어 파사드를 올려다보는 그녀를 뒤에서 안고 있던 것도. 모두 내가 아닌 서준이었다. 나는 미행 중이라는 사실도 잊어버린 채 맞은편에 서서 두 사람을 대놓고 지켜봤다. 하지만 그들은 끝내 나를 발견하지 못했다.

미행의 종착지는 항상 서준의 오피스텔 앞이었다. 마음 같아서는 당장에라도 현관문을 부수고 들어가 두 사람을 떼어 놓고 싶었지만, 비참하게도 나에겐 그만한 용기가 없었다. 그렇다고 계속 두고 볼 수도 없는 노릇이었다. 나는 나연의 핸드폰을 뒤져 서준의 핸드폰 번호와 직장을 알아냈다.

서준의 회사 앞으로 가 잠깐 나올 수 있냐고 묻자 그는 회사에서 멀리 떨어진 카페 하나를 알려 주었다. 부끄러운 줄은 아는 모양이지. 하지만 그가 카페 문을 열고 나타났을 때, 그에게 최소한의 염치를 기대했던 내가 바보처럼 느껴졌다. 녀석은 최소한의 염치조차 없는 놈이었다. 녀석은 내 앞까지 걸어와 앉을 때까지 노골적으로 인상을 썼다. 애초에 가정이 있는 여자와 바람피우는 인간을 정상인의 범주에 둔 것부터가 실수였다. 그가 등받이에 한쪽 팔을 걸치며 짓씹듯 말했다.

"요점만 간단히 하죠. 없는 시간 쪼개서 나온 거니까."

어떻게 바람을 피워도 이런 양아치 같은 새끼랑 피울 수가 있는지. 나연이 원망스러웠다. 끓어오르는 화를 누르며 최대한 이성적으로 말했다.

"두 사람. 그만 만났으면 합니다."

"나연이도 동의한 거예요?"

너 같은 놈 때문에 나연이랑 얼굴 붉혔을 리 없잖아. 어금니를 악무는데 녀석이 먼저 말했다.

"아니죠? 그럼 저도 할 말 없으니까 나연이랑 먼저 얘기하고 오세요."

"저기요. 지금 이게 말이 된다고 생각합니까?"

"안 될 건 또 뭔데요?"

뭐라고?

"나연이랑 저요. 당신보다 오래됐고 서로 한 번도 잊은 적 없습니다. 당신이랑 결혼한 건 그냥…… 제가 잠깐 외국에 나가 있는 바람에 나연이가 실수한 거라고요. 나연이가 당신이랑 결혼한 거 얼마나 후회하는지 모르죠?"

"저기요."

"나연이 정신과 다니는 건 알아요?"

정신과? 멈칫하자 녀석이 한숨 쉬며 말했다.

"씨발, 도대체가 관심이 있어야지……. 나연이요. 우울증 앓은 지 꽤 됐습니다. 병원에 저랑도 몇 번 갔었고요. 어떻게 그 지경이 되도록…… 한집 살면서 모를 수가 있어요, 예?"

"우울증이라뇨. 그게 무슨 소리예요."

"그걸 왜 나한테 묻냐고! 당신이 남편이니까 알고 있었어야 되는 거 아니야? ……당신은, 자격 없어."

우울증이라니. 처음 듣는 이야기였다. 머릿속이 하얘졌지만 일단은 침착하려 애썼다. 우울증은 집에 가서 나연이랑 얼마든지 이야기할 수 있다. 나는 두 사람의 관계가 얼마나 이기적인지에 대해 강조했다.

"그럼 애가 받을 상처는요. 어떻게 두 사람은 두 사람만 생각합니까."

"애 가지고 발목 잡는 건, 너무 추하지 않아?"

"말조심하세요. 그럼 애보다 중요한 게 뭐가 있습니까."

"그럼 애 엄마 인생은, 우울증 걸려서 돼지든 말든 아무 상관없는 건가? 그리고 까놓고, 당신이 아빠로서 해 준 게 뭐가 있는데? 애 병 수발을 들길 했어, 어린이집에 한 번 데려다준 적이 있어? 애 병신 만들기밖에 더 했어?"

"뭐라고?"

"됐고요."

녀석이 손바닥을 내보이며 고개를 돌렸다.

"아무튼 제가 할 말은 여기까지니까, 나머진 나연이하고 상의하고 알려 주세요, 전 나연이 하자는 대로 할 테니까."

그대로 일어나 나가려던 녀석이 돌아서며 말했다.

"아, 그리고…… 다시는 여기 찾아오지 마요, 예? 이게 뭐 하는 겁니까, 남의 일하는 데 와서."

내가 하고 싶은 말이었다. 기가 차 대꾸도 못하고 있는데 어느새 녀석이 카페 밖으로 나가고 있었다. 달려가 뒷덜미를 잡고 내동댕이치고 싶었지만 한심하게도 다리에 힘이 들어가지 않았다. 창밖을 보니 녀석이 누군가를 만나 시시덕대는 게 보였다. 난생처음. 살의라는 게 느껴졌다.

퇴근해 귀가하니 평소와 달리 집 안이 컴컴했다. 여느 때라면 나연과 라라가 한창 떠들썩하게 돌아다닐 시각이었다. 구두를 벗는데 현관에 나연과 라라의 신발이 보이지 않았다. 가슴이 철렁해 거실 불을 켜자 식탁 위에 쪽지 하나가 보였다. 쪽지에는 나연의 글씨가 적혀 있었다. 그녀 특유의 야무지고 빈틈없는 글씨가.

내 짐만 다 뺐어. 변호사가 연락할 거야. 라라는 엄마 집에 있어.

남은 방법은.

한 가지뿐이었다. 인터넷 카페에 가입해 석궁을 구매한다는 글을 남기자 한 시간도 안 돼 수십 명에게서 쪽지가 날아왔다. 모두 불법이었지만 상관없었다. 가장 먼저 쪽지를 준 사람과 통화해 계좌 이체를 하고 퀵서비스로 물건을 받았다. 사용법은 유튜브를 통해 터득했다. 새벽에 뒷산에 가 두어 발을 쏴 본 뒤 가방에 넣고 서준의 오피스텔로 향했다.

건물 앞을 지켜보다가 다른 사람이 공동 현관문을 열고 들어갈 때 뒤따라 들어갔다. 서준이 사는 층에 내린 다음 비상구로 들어갔다. 가방에서 석궁을 꺼내 장전하는데 인기척이 나 쳐다보니 여섯 살 정도 되는 아이가 계단 위쪽에서 나를 내려다보고 있었다. 아이는 내 손에 들린 물건이 위험한 것임을 알아챈 듯 그 자리에 얼어 있었다. 나 역시 당황해 아이를 바라보다가 입술 위에 검지를 올려 보였다. 아이가 알아들었다는 듯 조용히 고개를 끄덕였다. 아이가 내 옆을 지나 아래층으로 사라졌다. 시간이 많지 않았다. 아이는 곧

누군가를 만나 석궁을 본 사실을 털어놓을 것이다. 그
전에 일을 끝내야 했다.

나는 양손에 석궁을 든 채 비상구를 나와 복도를
가로질렀다. 다행히 마주치는 사람은 없었다. 현관문
앞에 도착하자 안에서 나연의 간드러지는 웃음소리가
들렸다. 피가 역류하는 것을 느끼며 두 번 노크한 뒤
문 옆에 바짝 기댔다. 안에서 누군가 걸어오는 소리가
들렸다.

"누구세요."

서준이었다. 내가 대답을 않자 녀석이 현관문 렌
즈로 밖을 내다보는 기척이 느껴졌다. 다시 손만 뻗어
두 차례 노크했다.

"뭐야……."

녀석이 의아한 목소리로 현관문을 열었다.

오발탄

나는 몸을 돌려 석궁을 겨눴다.

"나연이 나오라 그래."

녀석이 움찔하며 대답했다.

"뭐, 뭐 하시는 거예요."

"내가 지금 장난하는 것 같애?"

석궁을 들어 녀석의 코앞에 겨누자 녀석이 당황하는 게 느껴졌다. 왜, 저번처럼 또 건방지게 굴어 보지?

"알았어요, 일단 진정하시고……. 그것부터 내려놓으세요. 그런 걸 들고 있는데 어떻게 나오라 그래요."

"셋, 둘."

"……."

"하나."

말했다시피 나는 장난하는 게 아니었다. 녀석의
허벅지에 대고 방아쇠를 당겼다. 그가 화살이 박힌 다
리를 붙잡고 비명을 지르며 쓰러졌다. 나는 재빨리 한
발 더 장전하며 집안을 향해 소리쳤다.

"김나여언!"

안에서 뛰어오는 소리가 들리더니 목욕 가운만
두른 나연이 나타났다. 그녀는 현관에 쓰러진 서준을
보고 소스라쳐서 녀석에게 달려갔다. 녀석의 허벅지에
박힌 화살을 본 그녀가 기겁해 소리쳤다.

"오빠 미쳤어?"

"짐 가지고 나와."

그녀가 석궁을 불안한 듯 보더니 떨리는 목소리
로 말했다.

"그것부터 내려놔."

"이 새끼 죽는 꼴 보고 싶어?"

"오빠가 이러는데 내가 어떻게 오빠랑 가! 그리고
이럼 오빠한테만 불리해, 알아?"

"뭐?"

나연의 머릿속에선 이미 셈이 끝난 모양이었다. 기가 차 바라보는데 넘어져 있던 서준이 내 다리를 잡고 넘어뜨렸다. 서둘러 석궁을 겨누는데 녀석이 순식간에 내 위로 올라와 무릎으로 석궁을 눌렀다. 녀석은 석궁을 쥐고 있는 내 손을 떼어 내려 했고, 나는 손등이 다 까지면서도 끝까지 놓지 않았다.

녀석이 힘들겠다고 판단했는지 양손을 들어 내 얼굴을 내려치기 시작했다. 열 대쯤 맞자 눈앞이 흐려지며 얼굴이 무감각해졌다. 석궁을 쥐고 있는 손에도 힘이 빠져나갔다. 그리고 어느 순간 주먹질이 멎었다. 서준을 보니 그가 자신의 배를 내려다보며 굳어 있는 게 보였다. 그의 배는 화살이 꽂혀 붉게 물들고 있었다. 왜 화살이 저기 있지? 생각하며 석궁을 확인하니 장전된 화살이 보이지 않았다. 나연이 입을 막으며 비명을 질렀다.

"서준아!"

"어…… 어어……."

녀석이 배에 꽂힌 화살을 보며 어쩔 줄 몰라 하더니 그대로 나자빠졌다. 나연이 그에게 달려가 지혈하려고 했지만 그럴수록 발아래 피 웅덩이만 커질 뿐이었다. 옆집에 사는 여성이 시끄러운 소리에 나왔다가 상황을 보고 파랗게 질렸다. 나연이 다급하게 외쳤다.

"119 좀 불러 주세요!"

"네……."

여성이 들어가고 안전 고리를 거는 소리가 들렸다. 급격한 탈력감에 바라보는 것도 귀찮아졌다. 복도에 난 창문으로 느릿느릿 흘러가는 구름이 보였다. 마음이 평온해짐을 느꼈다. 이렇게 고요했던 적이 있었나 싶을 정도로. 곧이어 졸음이 밀려오더니 그대로 깊은 잠에 빠져들었다.

정신이 들었을 때는 어느새 이혼 조정이 끝나 있었다. 아마 판사가 묻는 말에 몇 번 네, 네, 대답한 것이 나연 측 주장에 동의한다는 뜻으로 받아들여진 모양이었다.

가사 조정실을 나오자 엘리베이터 앞에서 변호인과 웃으며 대화 중인 나연이 보였다. 그녀와 이야기하면 누구라도 웃게 된다. 그것은 그녀만이 가진 재능이었다. 그 모습을 멍하니 바라보는데 누군가 팔을 잡아 돌아보니 50대 여성 조정 위원이 보였다.

"도하 씨, 괜찮아요?"

"네?"

"그러지 말고 아내분이랑 다시 한번 얘기해 봐요. 아까 보니까 말씀도 제대로 못 하시던데."

"……아니요, 제가 좀 피곤해서…… 실례하겠습니다."

나는 그녀에게 꾸벅이고 반대편 계단을 통해 법원을 빠져나왔다. 어디라도 누워 한숨 자고 싶단 생각뿐이었다.

"선생님. 죄송한데 막차가 끊겨서요."

공익이 나를 흔들어 깨웠다. 환승역 벤치에 기대 앉아 잠이 든 모양이었다. 얼마나 잔 거지. 황당한 기분이 되어 에스컬레이터 줄 맨 뒤에 섰다. 모두가 올라간 것을 확인한 뒤 평소처럼 벤치로 돌아왔다. 구파발역의 나연이 보고 싶었다. 그녀의 온기가 절실했다.

순간 떠오르는 게 있었다. 가방을 뒤지자 다행히 안쪽 주머니에서 발견할 수 있었다. 그녀와 재즈 바에 갔을 때 누군가 찍어 준 폴라로이드 사진이었다. 그런데 이상했다. 사진에 그녀가 보이지 않았다. 테이블에 혼자 앉아 어색하게 웃고 있는 나만 있을 뿐이었다.

멍해지는 그때 앞쪽에서 열차 문이 열리는 소리
가 들렸다. 고개를 드니 예의 그 괴물이 아가리를 벌리
고 있었다. 몽유병 같은 건가. 아니, 이젠 꿈이란 걸 깨
달았으니 자각몽인가.

갑자기 모든 게 부질없이 느껴졌다. 가방을 들고
일어나 에스컬레이터로 향했다. 올라가며 돌아보니 열
차의 문은 여전히 열린 채였다. 내가 타지 않는 한 저
열차는 출발하지 않을 것이다. 그만 꿈에서 깰 시간이
었다.

구파발역에 안 간 지도 어느덧 일주일이 지났다.
실험실에 틀어박혀 사는데 팀장실에서 호출이 왔다.
노크하고 들어가자 소파에 처음 보는 중년 남자 두 명
이 보였다. 경원이 그들과 떠들썩하게 웃다가 나를 돌
아봤다.

"어, 왔어? 이따가 이사회 올라가는데 PPT 좀 봐
달라고."

"네."

경원이 남자들을 향해 말했다.

"말했죠? 우리 팀 에이스."

남자들이 일어나 악수를 청했다.

"얘기 많이 들었습니다. 반가워요."

"네……."

내가 영문을 몰라 경원을 바라보자 그가 말했다.

"어, 고향 선배들."

"경원이랑 일하느라 힘들죠? 이 녀석 원체 성질이 지랄 같아서."

풍채가 좋은 사내가 너스레를 떨자 경원이 웃었다.

"형한테나 그러지, 내가 얘를 얼마나 상전 모시듯 하는데."

"필요한 일 있으시면 언제든 연락 주세요. 지인 디시 가능하니까요."

남자가 지갑에서 명함을 꺼내 건넸다. 심부름센터 명함이었다. 경원이 웃으며 어깃장을 놨다.

"도하야, 그거 버려, 그거 죄 불법이야."

"에에? 아니라니까 그러네. 나라에서 정식으로 사업자 승인 난 거야."

"픽이나 났겠다. 도하야. 바탕화면에 있거든?"

경원이 사내들로부터 나를 감싸며 컴퓨터 앞으로

보내 주었다. 마우스를 쥐고 PPT 파일을 클릭하는데 앞에서 경원과 사내들이 시끄럽게 떠들어 댔다.

"아까 하던 얘기나 계속해 봐요. 재밌드만."

"아, 어디까지 했냐……. 아, 그래서, 난리가 난 거야, 어떻게 해야 되나, 얘 남편은 계속 들어오지, 도망갈 덴 없지, 그래서 일단 침대 밑에 숨었단 말이야? 근데 딱 봐도 이상하잖아. 와이프는 땀범벅이지, 침대는 축축하지……. 그니까 이 새끼가 침대 밑을 봤네? 나랑 딱 눈이 마주치는데."

"하하하."

"와, 이렇게 죽나 싶더라고. 그때부터 막 이 새끼가 미쳐 가지고 다 때려 부수는데, 막상 침대 밖으로 나오니까 체구가 좀 작데? 내 턱까지밖에 안 와. 그러니까 이 새끼가 잠깐만 기다리라고, 그러더니 차에서 골프채를 꺼내 오는데."

"하하하."

경원이 배꼽을 잡고 비틀거리는 바람에 그가 걸터앉아 있던 책상이 뒤로 밀렸다. 나는 책상에서 몸을 떼고 덩달아 밀려날 수밖에 없었다.

"그날 진짜 존나 뛰었다."

"아니, 그렇게까지 하면서 꼭 그 짓을 해야 돼?"

"이 짓 할라고 사는데 뭔 소리야. 그리고 아직 니
가 미시 맛을 못 봐서 그래. 이게 또 진국이거든."

구역질이 나 참기 힘들었다. 도대체 저런 쓰레
기 같은 짓이 뭔 자랑이라고 떠드는지 이해할 수 없었
다. 아침에 뭐라도 먹었다면 틀림없이 키보드 위에 게
워 냈을 것 같았다. PPT를 대충 훑고 도망치듯 빠져나
왔다.

퇴근할 때쯤엔 하루 종일 아무것도 입에 대지 않
아 머리가 어지러웠다. 근처 라멘집에 들어왔지만 도저
히 씹어 삼킬 수 없어 국물에 맥주만 들이켰다. 그렇게
맥주를 마시다 보니 나연과 라라에 대한 그리움이 고
개를 치켜들었다. 낮에 들은 더러운 이야기 때문인지
더욱 우울해지는 기분이었다. 병원에서 처방받은 알약
을 맥주잔 안에 떨어뜨리자 기포를 뿜으며 녹아내렸
다. 나도 눈앞에 알약처럼 사라지고 싶었다.

가게를 나올 때는 술기운에 약 기운까지 더해져
머리가 깨질 것 같았다. 버스 정류장에 기대 간신히 서

있는데 뒤에서 비명이 들렸다. 돌아보니 동남아에서 온 듯한 30대 여성이 50대 남자 둘에게 질질 끌려가고 있었다.

"도와주세요! 경찰에 신고 좀 해 주세요!"

여자가 어눌한 발음으로 소리쳤다.

"아가리 안 닥쳐?"

"신경 쓰지 말고 지나가세요. 애 엄마가 바람피워서 그런 거니까."

남자들의 고압적인 말투에 사람들이 못 본 척 지나갔다. 나 역시 귀찮은 생각이 들어 모른 척하려는데, 찌르는 듯한 두통에 여성이 꽥꽥거리는 소리까지 겹치자 정말이지 머리통이 터질 것 같았다. 참다못해 여자를 차 뒷좌석에 구겨 넣는 덩치에게 다가가 그의 어깨를 잡았다. 덩치가 돌아보며 인상을 썼다.

"뭐야."

"그만하시죠."

"저리 안 꺼져?"

다시 생각해 보니 그들이 빨리 여자를 태우고 사라지는 것도 나쁘지 않을 것 같았다. 하지만 녀석의 더러운 인상을 보니 그냥 보내 주고 싶은 마음이 싹 가셨다.

"여자분 놔주시면요."

"이 새끼가 진짜."

덩치가 내 가슴을 주먹으로 강타했다. 나는 주저 앉아 꼴사납게 컥컥댔다.

"어떡해……."

행인 몇몇이 손톱을 물어뜯으며 발을 구르는 게 보였다. 나는 주목 받는 걸 싫어하는 성격이라 이 상황이 몹시 불편했다. 덩치가 나를 내려다보며 험악하게 쏘아붙였다.

"남의 집 일에 껴들지 말고 가던 길이나 가시라구 요, 이 양반아."

녀석의 표정을 보니 알 것 같았다. 녀석의 아내는 정말 외도를 한 것이다. 그렇지 않고서는 저런 표정이 나올 수 없다. 저 표정에 대해선 누구보다 잘 아는 나 였으니까.

일어나 엉덩이를 털고 녀석들의 차 운전석으로 걸어갔다. 녀석들은 도망치려는 여자를 차 뒷좌석에 붙잡아 앉히느라 정신없어 보였다. 핸들 밑을 보니 예상 대로 차 키가 꽂혀 있었다. 나는 그것을 빼 도로 맞은 편으로 힘껏 던졌다. 반대편 차선에 떨어진 차 키는 그대로 달리는 차에 밟혀 흔적도 없이 사라졌다.

그 광경을 보고 놀란 덩치가 황소처럼 달려와 내 먹살을 움켜쥐었다. 어찌나 세게 잡는지 목젖이 뽑히는 줄 알았다.

"이런 또라이 새끼가!"

녀석의 덜떨어진 모습을 보고 있자니 웃음을 참기 힘들었다.

"흐흐, 병신 새끼……."

"뭐?"

녀석의 눈썹이 파르르 떨렸다. 정말 혼자 보긴 아까운 얼굴이었다.

"니가 얼마나 쳐 못났으면 바람을 피웠겠냐."

녀석의 아내가 놀라서 쳐다보는 게 느껴졌다. 덩치의 얼굴이 종잇장처럼 구겨졌다.

"너 진짜 뒤지고 싶어서 환장했냐."

더 입을 놀렸다간 좋은 꼴을 못 보리란 걸 알면서도 멈출 수 없었다.

"니가 이 모양이니까 마누라가 도망가지……. 너 같음 너 같은 놈이랑 살겠냐? 그냥 뒤져……. 나가 뒤지라고, 이 병신 새끼야."

말하는데 자꾸만 이상하게 눈물이 흘렀다. 쪽팔려서 얼른 눈가를 훔치는데 몸도 부들부들 떨려 꼴이 말이 아니었다. 뒤쪽에서 덩치의 일행이 달려왔다.

"야, 이 새끼야, 너 주둥이 안 닥쳐?"

일행은 덩치의 눈치를 살피며 안절부절못했다.

"형님, 이 새끼 말 듣지 마세요. 아무래도 또라이 같으니까."

문제는 덩치도 나만큼 제정신이 아니라는 것이었다. 녀석의 표정을 보니 임계점이 머지않은 것 같았다. 녀석의 목소리가 차갑게 깔렸다.

"너 말 다 했냐."

"아니, 아직 안 끝났다, 이 깡패 새끼야, 너 같이 여자한테 주먹질이나 하는 새끼들은……."

눈앞이 번쩍하며 시야가 기울어졌다. 바닥에 부딪히는 동시에 녀석이 내 위로 올라타 주먹을 내리꽂기 시작했다. 서준과 같은 자세였지만 타격감은 극과 극이었다. 녀석의 주먹에 비하면 서준의 주먹은 솜방망이처럼 느껴질 정도였으니까. 눈에 혈관이 터졌는지 시야가 온통 빨갰다. 턱이 돌아가면서 어금니 몇 개가 쏟아지는 게 보였다. 자업자득이었다.

슈뢰딩거의 고양이

눈을 떴을 때는 병원이었다. 의사는 장기간 입원을 권했지만 일주일이 지났을 때 퇴원했다. 라라를 만나기로 한 날이었기 때문이다. 오늘을 놓치면 또 언제 라라를 볼 수 있을지 몰랐다.

집에 들러 샤워를 하고 옷을 갈아입었다. 하지만 얼굴의 상처는 가릴 수 없었다. 화장품 가게에 들러 도움을 청했다. 메이크업 크림 몇 개를 바르고 나니 그럭저럭 봐 줄 만했다.

약속 장소인 공원에 도착해 10분쯤 기다리자 서준의 차가 나타났다. 뒷좌석 문이 열리며 보조기를 찬 다리가 보였다.

"아빠!"

나를 발견한 라라가 쩔뚝이며 달려왔다.

"라라야, 뛰지 마, 다쳐."

그녀는 들리지 않는지 한사코 달려와 내 품에 폴짝 안겼다. 그녀의 체온에 눈시울이 뜨거워졌다. 라라를 내려 주자 그녀가 나를 올려다보며 해맑게 웃다가 이내 눈이 땡그래졌다.

"아빠, 싸웠어?"

얼굴에 상처를 발견한 모양이었다. 나는 눈높이를 맞추며 고개를 저었다.

"아니."

"그럼 넘어졌어?"

"응."

그녀가 내 얼굴을 어루만졌다.

"아프겠다……."

"……."

"걱정 마요. 저도 전에 넘어져서 까졌는데요. 시간 좀 지나니까 금세 낫더라고요. 아빠도 금방 괜찮아질 거예요."

그녀의 말이 옳았다. 시간이 지나면 괜찮아질 것

이다. 그러니까 청승 떨 필요도 없다.

"아빠 놀이공원 안 가요?"

"어? 어……."

해야만 하는 말이 있었다.

"라라야, 아빠가…… 회사에 일이 생겨서 당분간 라라를 못 볼 것 같은데, 어떡하지?"

그녀의 얼굴에 서운함이 번졌다.

"어디 가요?"

"응……. 대신에, 아빠가 나중에 올 때 라라 선물 많이 사 올게, 기다려 줄 수 있어요?"

"선물 같은 건 필요 없어요……."

그녀가 입술을 삐쭉였다. 어린아이 취급한 게 미안해졌다. 그녀가 눈을 맞추며 물었다.

"얼마나 걸리는데요?"

"어…… 한 1년쯤?"

"1년이나요?"

"응."

평소에도 야근 때문에 주말에나 가끔 놀아 주는 아빠였다. 그러나 이번엔 1년이었다. 그 긴 시간이 흐른 뒤에도 라라가 나를 어색해하지 않을까 걱정됐다.

"알았어요······. 대신에 최대한 빨리 와야 돼요?"

"응."

겨우 대답하는데 라라가 갑자기 머리 위로 붕 떠올랐다. 놀라서 올려다보니 라라를 한 팔로 안은 서준이 나를 경멸에 찬 눈으로 내려다보고 있었다. 그가 라라를 향해 다정하게 웃었다.

"라라야, 엄마가 아빠랑 할 얘기 있으시대. 잠깐 얘기하시게 자리 좀 비켜 줄까?"

"네."

라라는 어느새 서준을 잘 따르는 듯했다. 라라가 나를 보며 손을 흔들었다.

"아빠, 안녕."

애써 웃으며 고개를 끄덕이자 서준이 라라를 데리고 차로 돌아갔다. 라라가 내 쪽으로 오는 나연에게 말했다.

"엄마, 아빠 어디 간대."

"응, 엄마도 알아, 잠깐 차에 가 있어?"

그러곤 나연이 무표정한 얼굴로 내게 다가와 말했다.

"고마워, 협조해 줘서."

협조.

"라라도 바뀐 환경에 적응하느라 힘들 거야. 당분간만 오빠가 이해해 줬음 좋겠어. 다 라라 위해서 그런 거니까."

뭐가 라라를 위한다는 건지 이해되지 않았다. 그녀가 눈살을 찌푸리며 물었다.

"얼굴은 또 왜 그래?"

나연아, 우리…….

"조심해. 이젠 챙겨 줄 사람도 없는데……. 갈게."

하고 싶은 말이 산더미 같았지만 목구멍에 걸려 나오지 않았다. 허탈해하는 사이 나연까지 태운 차는 주저 없이 공원을 빠져나갔다. 두 팔에 라라를 안았던 느낌이 생생했다.

이튿날 출근하니 후배들이 내 얼굴을 보고 입을 다물지 못했다. 걱정스런 눈빛에 적당히 둘러대고 자리로 이동했다. 일주일이나 쉬는 바람에 할 일이 태산같이 쌓여 있었다. 집중할 것이 필요했는데 다행이었다. 급한 일부터 하나하나 해치울 때였다. 경원이 출근해 나를 보고 한숨짓더니 잠깐 이야기 좀 하자며 자신의 방을 눈짓했다. 팀장실로 들어가자 경원이 맞은편 소파를 가리켰다.

"앉아."

자리에 앉자 그가 인상을 찡그렸다.

"너 진짜. 어떻게 이혼까지 했으면서 나한테 말 한 마디 없을 수가 있냐. 내가 너한테 그 정도밖에 안 돼?"

어떻게 안 거지.

"나연 씨한테 전화 왔었어. 너 걱정된다며 옆에서 좀 잘 챙겨 달라고. 내가 그 전화 받는데 얼마나 바보 같았는 줄 알어?"

"……"

"얼굴은 왜 또 그 모양이고……. 도대체 어디서 뭘 하고 다녔던 거야."

그가 한숨 쉬며 말했다.

"내가 제수씨 만나 볼게."

내가 고개를 젓자 그가 목소리를 높였다.

"그럼 어쩌려고. 그냥 이대로 라라 뺏어 가게 놔둘 거야?"

"……"

"씨발, 이건 해도 해도 너무하잖아, 너 같은 아빠

가 또 어딨다고……. 다른 걸로라도 물고 늘어지자. 내가 괜찮은 변호사 알고 있으니까. 진흙탕 싸움이라도 가, 응?"

"선배."

"어."

"그만하려구요."

그가 내 말에 벙쪄 아무 말도 하지 못했다. 하지만 달리 할 말이 없었다.

"신경 쓰시게 해서 죄송합니다."

인사하고 팀장실을 나설 때였다.

"도하야."

돌아보자 그가 울컥한 얼굴로 말했다.

"이거 하나만 기억해. 난 언제나 니 편이다, 알지?"

그와 같은 상사 밑에서 일할 수 있음에 감사했다.

밀린 업무를 끝내고 시계를 보자 어느덧 퇴근 시간이었다. 경원이 술 한잔하자고 붙잡았지만 내일 하자고 했다. 일상으로 돌아가기 위해 해야 할 일이 하나 남아 있었다.

환승역에 도착하고 자정이 가까워지자 언제나 그

랬듯 공익이 나타나 사람들을 이끌고 사라졌다. 나는 늘 하던 대로 플랫폼에 남아 구파발행 열차에 탑승했다. 구파발역에 도착하자 나연이 여전한 모습으로 나를 반겨 주었다. 꿈인 줄 알면서도 다정하게 웃는 그녀를 보니 감정을 주체하기 힘들었다.

"오빠, 얼굴이 왜 이래? 누구랑 싸웠어?"

그녀가 내 상처를 발견하고 놀라 물었다. 그 걱정 어린 눈빛을 받고 있자니 도저히 입이 떨어지지 않았다. 하지만 말해야 했다. 넌 꿈이라고. 내가 빚어낸 허상에 불과하다고.

"마지막으로 한 번 보려고 왔어. 이젠 다시 올 일 없을 거야."

"응? 그게 무슨 소리야?"

"너도 알잖아. 이거 전부 꿈인 거……. 나도 이제 현실에 적응해야지."

"……무슨 소릴 하는 거야."

예상보다 더 좋지 않은 반응이었다. 그녀는 이 모든 게 꿈인 줄 모르는 것 같았다. 어쩌면 그녀가 계속 기다릴지 모른다는 생각이 들었다. 이 차가운 곳에서. 오지 않는 나를. 언제까지나.

"미안…… 나도 잘해 보려 했는데…… 이게 최선이라 생각했는데……"

그녀가 가여워 눈물을 참기 힘들었다. 그녀가 매달리며 고개를 흔들었다.

"아니야, 오빠……"

"미안."

더 있다간 영영 돌아서지 못할 것 같아 뿌리치며 돌아섰다. 출구로 향하며 되뇌었다. 그녀는 진짜가 아니라 내 마음이 빚어낸 허상에 불과하다고. 그러니까 내 뒤엔 아무도 존재하지 않는다고. ……슈뢰딩거의 고양이 같은 거라고.

"잠깐만! 오빠, 잠깐만……"

하지만 그녀는 내 의지와 상관없이 나를 돌려세웠다. 그녀가 고개를 숙이고 주저했다.

"말하지 말라고 했는데……"

그녀가 물기 가득한 눈으로 나를 올려다봤다.

"오빠……. 내가 진짜야, 오빠가 있는 곳이 꿈이고, 아, 이걸 어떻게 설명해야 될지 모르겠는데."

무슨 말을 하는 거지.

"정말 기억 안 나? 라라 생일에…… 도대체 무슨

일이 있었던 거야, 응? 왜 기억을 못 해……"

　　라라 생일. 그 순간. 잊고 있었던 또 하나의 기억이
떠올랐다.

돌이킬 수 없는

가장 먼저 생각난 건 배양실 책상에 엎드려 자다가 라라의 전화를 받은 기억이었다.

"여보세요."

"아빠."

"어, 라라야."

"13 빼기 7이 뭐예요?"

"어?"

"13 빼기 7 좀 알려 주세요……."

문제집을 풀다 막힌 모양이었다. 문 뒤에 숨어서 핸드폰을 붙잡고 있을 라라를 생각하니 웃음이 새어 나왔다.

"왜, 어려워?"

"네. 엄마가 이것만 풀고 TV 보라 했는데…… 못 풀겠어요."

일어나 배양기를 확인하며 라라에게 물었다.

"문제가 뭐라고?"

"13 빼기 7이요."

"흠. 너무 어려운데."

"후……"

"하하, 라라야, 왜 그렇게 한숨을 쉬어."

"그냥요……. 사는 게 너무 힘드네요……."

웃음이 터지려는 것을 간신히 참고 말했다.

"근데 이거 아빠가 알려 주면 엄마한테 혼날 것 같은데."

"엄마한텐 비밀로 할게요."

라라가 속삭였다. 웃음이 멈추질 않는데 아니나 다를까 핸드폰 너머로 나연의 목소리가 들렸다.

"라라야, 엄마 핸드폰 가져갔어?"

"아빠, 끊어요."

전화는 다급한 목소리를 끝으로 끊겼다. 웃겨서 배꼽을 잡는데 누군가 배양실 문을 열었다. 경원이었다.

"퇴근 안 했어?"

"아, 선배, 오셨어요."

"뭐야. 왜 이렇게 신났어?"

"아. 라라한테 전화가 와서."

"딸 바보 다 됐구만?"

그때 경원의 뒤로 처음 보는 여성이 나타났다. 트렌치코트에 하이힐을 신은 그녀는, 꼿꼿한 자세가 한 번도 고개 숙여 본 적 없는 사람처럼 느껴졌다. 그녀가 나를 보더니 경원의 팔짱을 끼며 그에게 물었다.

"누구예요?"

"아, 내가 말했지? 우리 팀 에이스."

"아. 안녕하세요."

"안녕하세요."

경원이 여성에게 미안해하며 말했다.

"자기야, 진짜 미안한데. 오늘만 좀 혼자 들어가면 안 될까? 나 얘랑 할 얘기가 있어서."

"또?"

"한 번만"

경원이 검지를 들어 보이며 애교 띤 미소를 지었다. 저 웃음에는 남녀노소 불문하고 누구든 녹아내렸다. 여자의 입술이 튀어나왔다.

"알았어요. 주차장까진 바래다줄 거지?"

"가시죠, 공주님."

경원이 밖을 가리키며 웃었다.

"못됐어, 진짜."

여성이 입술을 깨물자 경원이 그녀의 이마에 키스
했다. 여자가 돌아보며 인사했다.

"다음에 또 봬요."

내가 고개 숙여 인사하자 경원이 여자를 따라 나
가며 말했다.

"대충 끝내고 내 방으로 와?"

내가 뭘 본 거지 싶었다. 경원의 아내는 따로 있었
기 때문이다. 일단은 실험을 정리하고 팀장실로 향했
다. 블라인드가 내려가 있는 팀장실 문을 열자 텅텅 빈
공간에 박스 몇 개만 덩그러니 놓여 있었다. 물건들이
다 어디 갔지, 생각하며 앉아 있는데 10분쯤 지나자 경
원이 돌아왔다.

"야근 좀 작작 하라니까."

내가 웃어넘기며 물었다.

"저희 사무실 옮겨요?"

"아니, 너랑 나만."

경원이 상자들을 뒤지며 대답했다.

"네?"

"이제 이 방은 니가 써야지."

"팀장님은요?"

"난 7층 간다."

7층이면 소장실이 있는 곳이다.

"아, 축하드립니다, 팀장님. 언제 결정 난 거예요?"

"하하, 아, 여깄네."

그가 상자에서 금테로 둘러싸인 케이스 하나를 꺼내 테이블 위에 올려놓았다. 뚜껑을 열자 고급 샴페인들이 가지런히 누워 있었다.

"어때? 죽이지?"

말이 끝나기 무섭게 경원이 탕비실로 뛰어가 컵 두 개와 과자 몇 봉지를 가져왔다. 달빛이 좋아 불을 꺼도 될 것 같다는 말에 소등하자 과연 분위기가 살았다. 우리는 소파에 마주 앉아 서로의 잔을 채웠다.

"승진 축하드립니다."

"고맙습니다, 권 팀장님."

웃으며 한 모금을 삼키자 청량함과 함께 달콤한

풍미가 느껴졌다. 경원이 잔을 내려다보며 감탄했다.

"크, 그래, 사람이 이런 것도 먹고 살아야지."

나는 웃으며 취조를 시작했다.

"아까 그분은 누구예요?"

"누구? 아, 설희."

경원은 여성의 이름을 말했다가 잠시 망설여지는 듯 입가를 어루만졌다. 그의 얼굴이 어두워지는 걸 느꼈다.

"부사장님 딸이야. 나 다음 달에 재혼한다, 도하야."

내가 놀라 눈만 끔뻑이자 그가 피식하며 다시 말했다.

"부사장님 사위 된다고."

"형수님은요?"

"어…… 저번 달에 도장 찍었어."

믿기지 않았다.

"잘 됐어, 위자료도 섭섭지 않게 챙겨 줬고, 양육비는 더 많이 주기로 했으니까……. 누가 데려가도 금방 데려갈 거야, 걘…… 모르긴 몰라도 이 순간만 기다린 놈들만 한 트럭은 될걸?"

그렇게 몇 마디로 정리할 수 있는 관계가 아니었다. 두 사람이 서로를 끔찍하게 아낀다는 것은 모르는 사람이 없었다. 더구나 경원은 아버지의 빚 때문에 아내를 고생시킨 것을 늘 미안해했다. 그런데 이혼이라니.

"형수님도 동의한 거예요?"

"아니…… 근데 내가 쓰레기처럼 계속 졸랐거든……. 그니깐 도장 찍어 주더라고."

그가 애써 웃으며 말했다. 하지만 눈가에 물기까진 감추지 못했다.

"도하야, 난 있잖아……. 어떻게든 올라갈 거다, 올라가서…… 은영이랑 내 새끼들, 같이 살진 못해도, 없는 설움 같은 거, 그거 평생 모르고 살게 할 거야."

"……."

"넌 알잖냐. 아부지 빚 갚느라 월급 들어오는 족족 다 차압당하고, 우리 엄마? 평생 야시장에서 커피 타다 돌아가셨다. 술꾼들한테 희롱이나 당하면서……. 아들 하나 보고 사셨는데……."

그는 어머니 이야기에선 결국 굵은 눈물을 떨어뜨렸다.

"우리 엄만 그렇게 돈 만 원도 벌벌 떨면서 썼는데……. 너 내가 요즘 어울리는 사람들이 하루 술값으로 얼마 쓰는 줄 아냐? 흐…… 너 그 돈 보면 진짜 일할 맛 안 날걸……."

그가 눈물을 훔치며 웃어 보였다.

"도하야. 난 어떻게든 올라가야겠다. 안 그럼 분해서 못 살 것 같애."

먹먹하게 바라보는데 경원이 빈 잔을 채워 주며 말했다.

"자, 이제 니 차례."

"네?"

"속 얘기 좀 해 보라고. 도대체 무슨 낙으로 사냐? 술도 안 해, 취미도 없어, 그렇다고 숨겨 둔 여자가 있길 하나."

그냥 웃어넘길 수도 있었다. 하지만 그 순간 떠오른 이야기가 있었다. 이제껏 아무한테도 털어놓지 못했던 이야기가.

"팀장님 미국 가셨을 때요."

"미국? 5년 전에?"

"네……. 그때 출장 가신 동안 투자 설명회가 있었

거든요."

"어, 그랬다메."

"그때…… 사실 저도 휴가라. 와이프 복직 면담 있다고 한 달 전부터 얘기한 건데. 갑자기 휴가를 취소할 수가 없었어요. 그래서 설명회 준비 다 끝내 놓고 집에서 라라 보고 있었는데. 김 소장님한테 전화가 오더라고요. 오늘 같은 날 휴가 쓰는 게 말이 되냐고. 당장 와서 질의응답 대비하라고."

이야기하다 보니 그날이 떠올랐다. 막 분유를 먹고 세상모르고 자던 라라가. 투자 설명회는 이미 시작됐고, 라라는 한 번 자면 두 시간은 잤기 때문에 나가자마자 택시를 타면 깨기 전엔 돌아올 수 있었다. 하지만 설명회를 마치고 집에 돌아왔을 땐 라라가 보이지 않았다. 예상보다 일찍 귀가한 나연이 라라가 분유를 토하고 질식한 것을 발견하고 병원에 데려갔기 때문이다.

중환자실에 도착했을 때 나연은 나를 잡고 미친 사람처럼 울부짖었다. 라라는 중환자실에서 사흘 동안 깨어나지 못했고, 의식을 되찾고 나서는 뇌손상 징후를 보였다. 결국 라라가 두 살 때 뇌성마비 진단을 받자 나연은 웃음을 잃어버렸다.

"아, 그럼 라라가 그렇게 된 게 그때 후유증이야?"

내가 쓸쓸하게 웃자 경원이 답답해하며 나무랐다.

"아니, 그런 일이 있었으면 나한테 진작 말했어야지."

말해도 달라질 건 없었다. 상사한테 전화가 왔어도 내가 안 가면 그만이었고, 누구도 탓할 수 없는 일이었다.

"하, 하여간 김 소장 그 새끼……."

경원이 내 눈치를 보다가 물었다.

"아직도 많이 안 좋나? 라라 병."

"……처음엔 왼쪽 다리만 그랬는데. 갈수록 왼쪽 팔까지 힘들어하는 것 같아서 여름에 일본 좀 다녀와 보려고요."

"그래, 할 수 있는 건 다 해 봐. 치료비 부족하면 말하고."

"아닙니다."

경원이 인상 쓰며 손사래 쳤다.

"라라 인큐베이터에 있을 때부터 봤다. 라라 내 딸이나 다름없어."

경원이 내 어깨를 토닥여 주었다. 말만이라도 고

마웠다.

집 앞에 도착했을 땐 밤 10시가 넘은 시각이었다. 도어 록을 누르고 들어가자 내복만 입은 라라가 달려와 안겼다.

"아빠!"

그녀를 안으며 볼에 뽀뽀했다.

"아직도 안 잤어?"

"응, 아빠 술 냄새."

라라가 고개를 뒤로 빼며 집게손가락으로 코를 집었다. 그 모습이 귀여워 몇 번이나 더 뽀뽀 세례를 퍼부었다. 라라가 까르르 웃으며 내 품에서 자지러졌다. 하루 중 가장 행복한 순간이었다.

샤워를 하고 나오니 라라가 거실 바닥에 앉아 귤을 까먹고 있었다. TV에 시선을 고정한 채 조막만 한 손으로 귤을 야물딱지게 까먹는 모습이 사랑스러웠다. 그런데 자세히 보니 왼손은 거의 쓰지 않고 있었다. 옆에 앉아 물었다.

"라라야, 왼손으로는 못 까먹겠어?"

"응, 잘 안 움직여."

"……아빠랑 왼손으로도 까먹어 볼까?"

라라가 내 말에 왼쪽 손가락에 힘을 주었다. 하지만 긴장이 됐는지 손가락 관절이 더욱 뒤틀렸다. 손가락을 펴 주며 힘을 보탰다. 귤 하나를 겨우 벗긴 라라가 숨을 색색거렸다.

"아빠. 힘들어."

"응, 잘했어. 오늘은 여기까지만 하자."

라라가 다시 귤을 먹으며 TV를 시청했다. 나는 라라의 내복 바지를 걷고 그녀의 뒤틀린 다리를 주물렀다. 전국에 유명하다는 병원은 모두 가 봤지만 소용이 없었다. 뇌성마비는 난치병이긴 해도 진행성 병은 아닌데, 라라의 경우는 다리에서부터 위쪽으로 서서히 병이 진행되고 있다는 게 문제였다. 나연과 나는 이제 라라의 완치는 바라지도 않고 병세가 멎기만을 바랐다.

"아빠."

"응?"

"아."

고개를 드니 라라가 귤을 먹여 주려고 기다리고 있었다. 뭉클해져 입을 벌리자 그녀가 내 입에 귤을 넣었다가 도로 빼며 배꼽을 잡았다. 언젠가 내가 했던 장난이었다. 나는 귤을 든 그녀의 손을 잡고 입을 쩍 벌렸다.

"으앙. 손까지 먹어야겠다."

라라가 까르르 웃으며 발버둥 쳤다. 그 소리가 듣기 좋아 간지럼을 태우는데 어디선가 타는 냄새가 났다. 일어나 주방을 보니 가스레인지에 올려 둔 냄비에서 연기가 나오고 있었다. 달려가 가스부터 끄고 뚜껑을 열었다. 찌개는 이미 반쯤 타 버린 뒤였다. 찌개를 올려 두고 어디 갔지, 생각하며 안방 문을 열자 나연이 침대에 앉아 달빛이 드는 베란다를 바라보고 있었다. 그 눈빛이 너무나 공허해 쉽게 입이 떨어지지 않았다.

"나연아……. 나연아?"

나연은 그제야 정신이 돌아온 듯 나를 돌아봤다.

"어?"

"찌개 내가 껐어."

"아."

나연이 황급히 일어나 주방으로 달려갔다. 그녀의 뒤에 대고 말했다.

"괜찮아. 안 탄 쪽만 내가 먹을게."

나연은 요즘 들어 멍해 있는 시간이 많았다. 무슨 고민이라도 있나, 물어보고 싶었지만 그런 것도 망설여질 정도로 우리의 사이는 소원해져 있었다. 착잡해져 안방을 나가려던 때였다. 화장대 위에 올려 둔 나연의 핸드백 안에 약봉지가 보였다. 꺼내서 읽어 보니 인데놀, 자낙스, 아티반이라고 적혀 있었다. 공황 장애 약이었다.

엎어진 케이크

이튿날 회사에 출근하니 책상에 택배 상자 하나가 놓여 있었다. 상자에는 '권도하 연구원님 앞'이라고만 적혀 있었다. 상자를 들어 이리저리 살펴보고 있자 지나가던 후배가 말했다.

"아, 그거. 새벽에 누가 1층에 맡기고 갔다던데."

상자를 뜯어보니 나연이 어떤 남자와 찍은 사진들이 들어 있었다. 사내의 얼굴이 낯익었다. 빙부상 때 조문을 왔던 남자였다. 이름이 뭐랬더라.

윤서준. 그래, 남자는 악수를 청하며 그렇게 말했었다.

사진은 바닷가에서 찍은 것부터 분위기 있는 레

스토랑에서 찍은 것까지 다양했다. 그리고 침대에서 찍은 사진도 있었다. 뒷면에 뭔가 보여 자세히 보니 글귀가 적혀 있었다.

'나연이는 권도하 씨를 사랑하지 않습니다. 나연이를 그만 놔주세요.'

사진들 아래로 빨간색 USB가 보였다.

USB에 들어 있는 동영상까지 확인하고 난 뒤, 도저히 나연을 볼 자신이 없었다. 야근을 핑계로 자정을 넘어 들어가는 생활이 계속됐다. 일주일째 되는 날, 집에 들어가니 나연이 자지 않고 소파에 앉아 있었다. 나연은 내가 들어온 줄도 모르고 넋 나간 사람처럼 앉아 있다가 도어 록이 잠기는 소리에 소스라치며 일어났다.

"어, 오빠 왔어."

나연의 창백한 얼굴에 올 것이 오고야 말았음을 직감했다. 최대한 평소처럼 굴었다.

"어, 안 잤어? 얼른 자. 저녁은 내가 차려 먹을게."

"어, 아냐⋯⋯. 씻어, 다 해 놨어."

먹었다고 할 걸 후회했다. 화장실에 들어가 씻고 나오니 식탁 위에 정성 들여 만든 반찬들이 보였다. 마음이 무거웠다.

"고마워. 잘 먹을게."

그녀는 어, 하고 대답할 뿐 여전히 내 눈을 마주치지 못했다. 내가 식탁 앞에 앉자 그녀가 거실 불을 끄더니 맞은편에 앉았다. 어두운 부엌 등 아래 내가 움직이는 수저 소리만이 잇따라 정적을 깨뜨렸다.

왜 그랬냐고. 꼭 그래야만 했냐고 묻고 싶었지만 용기가 나지 않았다. 그녀가 덜컥 이혼이라도 하자고 하면 어쩌지 걱정됐기 때문이다. 나는 그녀와 헤어질 준비가 안 돼 있었다. 비참했지만, 껍데기뿐인 그녀라도 이 집에 남아 주길 바랐다.

"왜 그러고 있어. 먼저 자라니까."

일부러 웃으며 말했다. 제발 그녀가 아무 말 없이 넘어가 주길 바랐다. 하지만 그녀는 그런 여자가 아니었다.

"오빠."

"어?"

"왜 아무 말도 안 해?"

"……뭘?"

"사진이랑 동영상 봤다면서."

그녀가 허탈한 얼굴로 말했다.

"세 달 정도 만났고, 보름 전에 끝났어……. 변명할 생각은 없어. 이혼 원하면 이혼해 줄게. 새 출발 원하면 라라도 내가 데려가고."

그녀가 고개를 숙이며 눈물을 떨어뜨렸다. 그 눈물을 보고 알 수 있었다. 그녀의 인생도. 라라의 인생도. 모두 내가 망쳐 버렸다는 것을.

"힘들었겠다."

그녀가 고개를 들어 나를 바라보았다. 그녀의 젖은 얼굴을 마주할 자신이 없어 시선을 내린 채 식사를 이어 갔다. 달리 할 말이 없었다. 모두 내 잘못에서 비롯된 일이었다.

식사를 마치고 침실로 간 우리는 누가 먼저랄 것 없이 키스했다. 나는 그녀를 침대 위에 눕히며 귀, 목, 어깨 등을 정신없이 애무했다. 그렇게 해서라도 녀석의 흔적을 지워 버리고 싶었다. 하지만 발버둥 치면 칠수록 동영상 속 나연과 녀석의 모습이 자꾸만 떠올랐다. 내가 닿는 곳마다 녀석도 닿았을 거라고 생각하니 질투심에 미쳐 버릴 것 같았다. 나연의 가슴에 이마를 대고 괴로워하자 뒤통수에 그녀의 시선이 닿는 게 느껴졌다.

그녀가 고개를 숙여 내 볼에 입맞췄다. 나는 일어나 상의부터 벗었다. 그녀 또한 나를 도와주려는 듯 서둘러 입고 있던 잠옷을 벗어 던졌다. 그녀를 감싸 안으며 다시 한번 키스했다. 입술이 떨어지며 그녀의 뜨거운 숨결이 얼굴에 흩뿌려졌다. 내가 그녀 안에서 움직일 때마다 그 숨결은 반복됐다. 우리는 도망치고 있었다. 각자의 죄책감으로부터 최대한 멀리. 1초라도 좋으니 그 죄책감들로부터 완전히 해방될 수 있는 곳으로. 거실에서 나연의 핸드폰이 끊임없이 진동하는 소리가 들렸지만, 그것을 받기에 우린 이미 너무 멀리 와 있었다.

이상한 소리에 잠에서 깬 건 아직 어둠이 가시지 않은 한밤중이었다. 침대에 나연이 보이지 않았다. 물을 마시려고 방을 나서려는데 거실에서 나연이 거칠게 속삭이는 소리가 들렸다. 살짝 열린 방문 틈으로 내다보니 거실에 서서 안절부절못하는 나연이 보였다.

"내가 다신 전화하지 말랬지? 너 내 말 못 알아들어? ……싫어, 싫다고! 더 들을 말도 없어! ……그러니까, 만나고 싶지 않다고!"

그녀가 흥분해 목소리를 높이다 흠칫하며 내 쪽을 돌아보았다. 나는 재빨리 어둠 속으로 몸을 감추며 침대로 달려가 눈을 감았다. 문을 열고 나를 바라보는 그녀의 시선이 느껴졌다. 침실 문을 닫은 그녀는 그 뒤로도 한 시간은 더 밖에 있다가 침대로 돌아왔다. 그와 무슨 통화를 했는지 불안해 결국 뜬눈으로 밤을 새우고 말았다.

그리고 공교롭게도 그날은 라라의 생일이었다. 정시 퇴근을 하려는데 경원이 달려와 다급하게 붙잡았다. 해외 바이어가 들르는데 혼자 브리핑하기 막막하니 좀 도와 달라는 거였다. 부사장님이 마련한 자리라는데 외면할 수도 없어 하는 수 없이 경원의 옆을 지켰다.

미팅이 끝났을 때는 9시가 지나 있었다. 경원은 접대까지 동행해 주길 바랐지만 뒤도 돌아보지 않고 도망쳤다. 작년에도 라라 생일에 같이 있어 주지 못했는데 올해까지 나쁜 아빠가 되긴 싫었다.

지하철역으로 가는 길에 운 좋게도 아직 문을 닫지 않은 베이커리가 보였다. 들어가 라라가 좋아하는 초콜릿 케이크를 주문하자 종업원이 생크림 주머니를 들고 물었다.

"뭐라고 적어 드릴까요?"

"어…… 라라야, 우리한테 와 줘서 고마워, 라고 적어 주세요."

내가 부끄러워 웃자 종업원이 마주 웃더니 글씨를 적어 내려갔다. 어찌나 잘 쓰던지, 인간문화재가 따로 없단 생각이 들었다. 왠지 이 케이크가 우리 가족을 다시 하나로 묶어 줄 것 같았다.

지하철역에 조금이라도 일찍 도착하기 위해 어두운 공원을 가로지를 때였다. 누군가 뒤에서 내 이름을 불렀다.

"권도하 씨."

돌아보니 어둠 속에서 누군가 걸어오고 있었다. 가로등 밑으로 드러난 남자는 윤서준이었다. 그의 손에 석궁이 보였다.

"내가 경고했지. 나연이한테서 떨어지라고."

제법 거리가 있었음에도 술 냄새가 진동했다. 도대체 얼마나 마신 거야. 그를 자극하지 않는 게 좋겠다고 판단했다.

"서준 씨 맞죠? 일단 그것부터 내려놓고 차근차근 얘기해 봅시다. 안 그래도 그쪽이랑 얘기해 보고 싶었어요."

그가 흉기까지 들고 나타난 걸 보면 나연의 마음은 내 쪽으로 굳어진 게 확실했다. 승자가 정해진 이상 무리할 필요는 없었다. 그를 잘 달래 돌려보내고 일상을 되찾고 싶었다. 하지만 그는 억울함이 북받치는 듯 흐느끼기 시작했다.

"당신은 나연이 없이도 살 수 있잖아."

그의 감정적 동요가 불안하게 느껴졌다.

"난 이제 나연이밖에 없다고. 업계에서도 퇴출되고 그나마 남은 것도 매형이란 새끼가 다 들고 날랐다고, 근데…… 나연이까지 꼭 뺏어야겠어? 어?"

어쩌면. 집에 돌아가지 못할 수도 있겠다는 불길한 예감이 스쳤다. 일단 석궁부터 내려놓게 하는 게 급선무였다.

"알았어요. 제가 어떡하면 좋겠습니까. 서준 씨 원하는 대로 할게요."

내 회유에도 그는 석궁을 들어 나를 조준했다. 그가 울다 조준하다를 반복하더니 말했다.

"미안합니다."

철컥 소리와 함께 가슴에 충격이 느껴지며 뒤로 나자빠졌다. 고개를 들어 보니 가슴에 화살이 박혀 있었다. 고통도 고통이었지만 당장 숨쉬기가 힘들었다. 고개를 돌리자 엎어진 케이크 뒤로 서준이 달아나고 있었다. 핸드폰을 꺼내 119를 눌러야 했지만 손에 힘이 들어가지 않았다. 이대로 죽는 건가, 생각이 들 때 멀리서 인기척이 들렸다.

"뭐야……. 저거 사람 아니야?"

누군가 달려오며 소리쳤다.

"어, 뭐야, 이거! 아저씨, 괜찮아요? 자기야, 119 불러!"

중년 커플이 내 의식을 붙들려는 듯 계속해서 말을 걸어 왔지만 점점 소리가 작아지더니 이내 아무것도 들리지 않았다. 온몸에 감각이 무뎌지며 눈이 감기자 나연과 라라의 얼굴이 떠올랐다. 빨리 가야 되는데. 늦으면 걱정할 텐데……. 정신이 아득해지는 순간 불현듯 나연의 목소리가 귀에 꽂혔다.

"어어, 오빠……."

눈을 뜨자 다시 구파발역이었다. 나연이 파랗게

질린 얼굴로 내 가슴을 바라보고 있었다. 내려다보자 화살이 꽂혀 붉게 물들고 있는 와이셔츠가 보였다. 출혈이 계속됐지만 통증은 없는 묘한 상태였다. 나연이 어쩔 줄 몰라 하며 울먹였다.

"어어, 안 돼……."

그녀의 입에서 거센 입김이 뿜어져 나왔다. 옆을 보니 플랫폼 기둥에 냉동 창고처럼 하얀 성에가 번지고 있었다. 뭐가 어떻게 된 거지. 방금 전 기억은 뭐고 여긴 또 어떻게 되는 거야. 순간 가슴에 불이 번지듯 온몸이 뜨거워 견딜 수 없었다.

제발…… 제발 꿈이라면 누가 좀 깨워 줘.

* * *

"교수님! 뇌파가 너무 불안정합니다!"

"접속자 뇌파도 위험합니다!"

코마뷰어 연구실에 모두는 당황해 모니터를 올려다봤다. 앞쪽 벽에 설치된 대형 모니터에서는 도하의 시점으로 보이는 동영상이 흘러나오고 있었다.

연구실 중간에 놓인 두 개의 침대에 도하와 나연이 머리에 센서들을 부착한 채 잠들어 있었다. 도하는 평온한 얼굴이었지만 나연은 꿈이 체감되는지 얼굴을 찡그리며 눈물을 흘리고 있었다.

초조해진 연구원들이 뒤를 돌아보자, 모든 상황을 지켜보던 김 교수가 아랫입술을 깨물었다. 보다 못한 연구원 한 명이 절박한 목소리로 물었다.

"교수님?"

"……분리해."

김 교수가 마지못해 지시하자, 연구원이 돌아서서 컴퓨터에 코드를 입력하고 옆에 있는 레버를 아래로 잡아당겼다. 순간 시간이 멈춘 듯 구파발역에 있는 도하와 나연이 그대로 굳어 버렸다. 동시에 대형 모니터로 출력되던 도하의 시점도 정지되며 더 이상 움직이지 않았다. 이내 화면이 검게 변하면서 'NO SIGNAL'이라는 문구만 덩그러니 남았다. 연구실에 있는 모두의 얼굴에 절망감이 드리웠다.

반쪽 얼굴의 샐러리맨

연구실 뒤에 서서 모든 것을 지켜본 형사들은 복도로 나와 시름에 잠겼다.

"깨어나긴 힘들겠죠?"

"그렇겠지……."

며칠 깎지 못한 수염을 만지작거리던 서 형사가 물었다.

"국과수에선, 아직 연락 없지?"

"네, 아침에도 통화했는데, 기대하지 말라던데요."

"흠."

"근데 영상만 보면 그 새끼 짓 맞잖아요. 동기도 충분하고. 알리바이도 없는데."

"근데 이것도 최면 같은 거라. 심증은 돼도 물증은 못 되니까."

최 형사가 답답한 듯 고개를 털었다.

"그 새끼 짓 맞는데…… 그 내연남이요. 그날 하루 종일 집에서 TV만 봤다고 했는데 그날 한 프로그램 하나도 못 맞췄어요."

"근데 결정적으로 또 방법이 안 맞잖아. 석궁은 또 어디서 나온 거야."

도하가 코마에 빠진 건 외곽 순환 도로에 액흔과 함께 자상을 입은 채 서 있다가 버스에 치였기 때문이었다. 코마뷰어로 보았던 석궁에 의한 피습과는 애당초 거리가 멀었다.

초기만 해도 금방 해결될 것처럼 보였던 사건이었다. 나연이 외도 사실을 털어놨고, 관계를 정리하는 과정에서 내연남이었던 서준이 도하에게 불륜 사실이 담긴 사진과 동영상을 보내며 협박한 사실이 드러났기 때문이다. 동기는 명확했고, 알리바이가 없는 사람도 서준뿐이었다. 하지만 서준이 계속해서 범행을 부인하고, 형사들도 결정적 증거를 찾아내지 못하면서 수사는 안개 속으로 치닫고 있었다.

그때 코마 상태의 임상 시험 환자를 찾던 김 교수 팀이 나연에게 접촉해 왔다. 김 교수 팀이 개발한 코마 뷰어는 접속자의 의식과 환자의 무의식을 연결한 뒤, 대화를 시도해 발생하는 전기 신호를 영상화한 기술이었다. 도하가 깨어날 수도 있다는 가능성에 나연은 고민할 필요가 없었다. 하지만 방금 전 상황을 미루어 볼 때 이 역시 녹록지만은 않았다. 최 형사가 답답해하며 앞머리를 쓸어내렸다.

"왜 이렇게 다르지. 꿈이라서 그런가?"

"기억이기도 한데. 꿈이랑 섞여 있는 거라."

아내가 바람피운 사실이 계속해서 트라우마를 양산하는 것 같았다. 실제로도 배우자의 외도를 경험한 사람들은 다 잊은 것 같다가도 전혀 다른 사건과 반응하며 눌러 왔던 원망과 분노를 표출하는 일이 잦았다. 꿈속이라고 다르지 않은 것이다.

"하."

최 형사가 한숨을 쉬며 고개를 떨어뜨렸다. 지푸라기라도 잡는 심정으로 들른 연구소였지만, 이제는 어떤 게 지푸라기인지조차 알 수 없는 심정이었다.

나연은 모두가 떠난 연구실에 앉아 도하를 바라
보았다. 도하는 얼굴만 보면 마치 평온한 꿈을 꾸는 것
같았다. 하지만 직접 들어가 본 도하의 꿈은 아니었다.
그는 하루하루 지옥을 살고 있었다. 그것도 진짜 같은
생지옥을.

나연은 북받치는 죄책감에 얼굴을 감싸고 흐느꼈
다. 아무리 생각해도 도하가 없는 미래가 그려지지 않
았다. 라라에게 아빠가 저리된 것이 자신의 불륜 때문
이라고 말할 자신은 더더욱 없었다.

그때 나연의 어깨에 따뜻한 손길이 느껴졌다. 도
하의 체온과 똑 닮은. 놀라서 돌아본 나연은 어느새 옆
에 와 앉아 있는 경원을 발견했다. 나연이 민망해 눈물
을 훔치자 경원이 사과했다.

"죄송해요. 아까부터 불렀는데. 못 들으시는 것 같
아서."

"아, 아니에요."

"방금 실험 끝났다면서요."

"네."

"좀 쉬셔야 되는 거 아니에요?"

"괜찮아요."

"식사는요."

나연은 대답하지 못했다.

"이럴 때일수록 뭐라도 드셔야죠."

그녀는 마지막 식사가 언제였는지 떠오르지 않았다. 솔직히 끼니를 챙기는 것조차 사치처럼 느껴졌다.

경원이 일어나 도하에게로 갔다. 도하는 전에 왔을 때와 같은 자세로 잠들어 있었다.

"진척은 좀 있었나요?"

경원이 묻자 나연이 고개를 저으며 한숨지었다. 경원이 끄덕이며 말했다.

"도움 필요한 일 생기면 언제든 말씀하시고요. 뭐, 금전적인 거라도 좋으니까요."

"아니에요."

"아니요. 저 말고 회사에서 지불할 겁니다. 도하가 회사에 한 것에 비하면…… 정말 아무것도 아니니까 개의치 마시고요."

나연은 경원이 고마웠다. 사고 이후 가장 많이 찾아 주는 사람도 경원이었다. 혈육이라도 이렇겐 못 할 것 같았다.

"라라는요?"

"어머니가."

"아직 얘긴 안 하셨고요?"

"……네. 솔직히 어떻게 말해야 될지도 모르겠고
요."

나연이 다시 두 손 위로 얼굴을 포갰다. 경원은 괜
한 질문을 한 자신의 경솔함을 후회했다. 흐느끼는 나
연을 위로도 못 하고 안타까워하는데 연구실 문이 열
리며 누군가가 들어왔다.

경원과 나연이 돌아보니 김 교수가 고개를 숙인
채 걸어오고 있었다. 나연은 눈물을 훔치며 일어났다.
김 교수가 뭔가 희망적인 소식을 가져왔을 것 같았다.
하지만 그의 입에서 나온 말은 절망뿐이었다.

"죄송합니다. 저희도 최선을 다했습니다만……."

"네?"

"이미 기억이 고착돼 버려서……. 더 시도해도 같
은 기억만 되풀이될 겁니다. 죄송합니다. 기대 많으셨
을 텐데."

김 교수가 송구한 마음에 눈을 마주치지 못했다.
나연이 다리에 힘이 풀려 쓰러지려고 하자 경원이 서
둘러 붙잡았다. 경원이 김 교수의 말에 수긍하기 힘든

듯 되물었다.

"그래도 할 수 있는 데까진 해 보는 게 좋지 않을
까요? 아직 도하도 멀쩡하고."

"저희도 그러고 싶지만 갈수록 환자분의 뇌파가
불안정해져서요. 지금 꾸는 꿈도 상당히 균열돼 있을
겁니다. 이대로는⋯⋯."

"균열이요?"

나연이 되묻자 김 교수가 망설인 끝에 입을 열었다.

"악몽⋯⋯ 같은 거죠."

* * *

어제 어떻게 들어왔더라.

요즘 들어 기억력이 영 말이 아니다. 기억상실증
이 재발한 건 아닌지 걱정됐다. 진료 시간이 되는 대로
정신과에 전화해 예약일을 앞당길 수 있는지 물어봐
야겠다고 생각했다.

아침 지하철은 평소와 달리 한산했다. 플랫폼에
서서 열차를 기다리는데, 옆쪽에서 이상한 느낌이 들

었다. 고개를 돌려 쳐다보니 멀리 우람한 체격의 샐러리맨이 보였다. 운동을 얼마나 하는지 입고 있는 트렌치코트의 팔 부분이 금방이라도 터질 것 같았다. 들고 있는 서류 가방이 장난감처럼 보일 정도였다.

옆으로 열차가 도착하는 소리가 들렸지만 이상하게도 남자에게서 눈을 뗄 수 없었다. 마침내 남자의 각진 턱이 돌아가며 눈이 마주쳤을 때, 나는 내가 느낀 압도감의 정체를 확인할 수 있었다. 철로를 향해 서 있어 보이지 않았던 남자의 반대쪽 얼굴은, 피부가 벗겨져 안구와 혈관이 온통 드러나 있었다.

나는 온몸이 굳어 꼼짝할 수 없었다. 하지만 다른 사람들은 남자가 보이지 않는지 열차에 몸을 구겨 넣기 바빴다. 이대로는 플랫폼에 남자와 단둘이 남을 것 같아 억지로 발을 뗴 열차에 올랐다. 열차가 움직이며 남자가 서 있던 자리를 지나는데, 그가 여전히 꼼짝 않고 나를 주시하고 있었다. 마치 자신이 보이냐는 듯이.

그 눈을 보기 힘들어 고개를 숙였다. 손바닥이 축축해지며 다리가 후들거렸다. 사람들이 이상하게 바라보는 게 느껴졌지만, 남자의 잔상이 쉽게 지워지지 않았다.

* * *

나연은 카메라를 향해 생기 있게 미소 지었다.

"연말만 되면 숙취로 고생하시는 분들 참 많으신데요. 이번 연말엔 술자리도 좋지만, 가족분들과 함께 가까운 곳이라도 나들이 가 보는 건 어떨까요? 이상 굿모닝 뉴스 김나연이었습니다."

카메라가 틸트업 되며 광고로 넘어가자 조정실에서 컷 사인이 들렸다. 곳곳에서 기지개 켜는 소리가 났고 나연은 무사히 방송을 마쳤다는 안도감에 깊은숨을 내쉬었다. 도하의 일로 마음이 어수선해 실수를 하면 어쩌나 걱정했기 때문이었다. 솔직히 관성대로 움직였을 뿐, 나연은 자신의 입에서 무슨 말이 나오는지도 몰랐다. 보조 PD가 다가와 속삭였다.

"선배님, 누가 찾아왔는데."

나연이 PD가 가리키는 곳을 보자 스튜디오 입구에 누군가 역광을 받고 서 있었다. 점점 빛이 번지며 정장을 입고 있는 남자의 얼굴이 드러났다. 서준이었다.

나연은 그에게 방송국에서 멀리 떨어진 카페에

가 있으라고 한 뒤 사람들의 시선을 피해 카페에 도착했다. 창가 쪽을 보니 서준이 앉아 김이 나는 커피를 내려다보고 있었다. 가증스러웠다.

"출입증은 어디서 났어?"

맞은편에 앉은 나연이 따지듯 물었다.

"로비에 있었는데. 곽 선배가……."

"용건만 간단히 해. 라라 데리러 가야 돼."

"나연아……. 나 진짜 아니야."

나연이 미간을 찌푸리며 고개를 돌렸다. 뻔한 얘기였다.

"너도 알잖아. 나 그렇게까지 막 나가는 놈 아닌 거. 그날…… 너랑 헤어지고 힘들어서 집에서 술만 마셨어, 집 밖으로 한 발짝도 안 나갔다고, 진짜야."

"그럼 오빠한테 보낸 사진은 뭔데."

"그건…… 그땐 나도 제정신이 아니어서."

비굴한 모습에 나연은 부아가 치밀었다.

"오빠가 무슨 죄가 있다고 그런 짓을 하냐고……. 내가 처음 시작할 때 말했지. 난 이혼할 생각 없고, 우린 그냥 잠깐 만나는 거라구, 너도 동의한 거잖아. 근데 어떻게 니가 나한테 이럴 수 있어, 어?"

나연이 고개를 돌리며 눈가를 훔쳤다. 서준이 그런 그녀를 안타까운 듯 바라봤다. 나연이 핸드백을 잡으며 말했다.

"더 할 말 없지?"

서준이 붙잡듯 말했다.

"정말 나 말고 원한 살 만한 사람은 한 명도 없는 거야? 하, 나도 미치겠다."

경찰서에 불려 간 것만 수십 번이었다. 잘못한 것도 있어 최대한 성실하게 조사에 임했지만 형사들은 의심을 거두지 않았다. 더욱이 형사들이 서준의 주변을 탐문하는 과정에서 치정, 살인 미수 용의자란 사실이 새어 나가 걷잡을 수 없이 퍼지고 말았다. 이대로 진범이 잡히지 않는다면 남은 인생을 영락없이 살인자로 살게 될 판이었다. 상황이 이 지경까지 오다 보니 어떤 때는 자신도 모르는 사이 정말 일을 저지른 건 아닐까 하는 두려움에 휩싸이기도 했다. 하지만 그것은 어디까지나 서준의 사정이었다.

"오빠 누구한테 원한 사고 그럴 사람 아니야."

잘라 말하는 나연에 서준의 표정이 허탈해졌다.

"다신 찾아오지 마."

"······나연아, 만약에, 만약에 말이야."

일어나 돌아서는 나연의 뒤에 대고 서준이 말했다.

"내가 무죄인 게 밝혀지면······ 그땐 나 용서해 줄 래?"

나연은 순간 그와의 시간들이 너울처럼 덮쳐 오는 걸 느꼈다. 도대체 어떤 결말을 기대했던 걸까.

"아니······. 난 우리 평생 용서 못 할 거야."

나연은 돌아보지 않고 떠났다. 서준은 차갑게 식어 버린 커피만 오랫동안 바라볼 뿐이었다.

나연은 버스에 타 집으로 가면서 서준과 처음 재회한 순간을 떠올렸다. 그곳은 병실이었는데, 당시 나연은 가장 친한 친구의 결혼식에 참석했다가 화장실에서 기절해 구급차로 실려 왔다. 그 무렵 진단 받은 공황 장애 때문이었다. 눈을 떴을 때 서준은 나연의 옆에 앉아 눈물만 글썽이고 있었다. 나연은 괜찮은 척 웃었지만 서준은 끝내 웃지 못했다.

그는 나연을 집으로 바래다주며 미국에 있는 동안 한순간도 널 잊은 적이 없다며, 그때 널 그렇게 두고 떠난 것이 자신의 인생에서 가장 큰 실수였다고 털어놓았다. 나연은 그와 연인이었던 대학 시절이 떠올랐다. 확실히 나연의 인생에서 가장 빛나던 시절이었다. 아무 걱정 없이, 찬란한 미래만 그려지던 시절. 하지만 언제까지나 지나간 과거였다.

집 앞에 도착해 애써 웃으며 돌아설 때였다. 서준이 달려와 팔목을 잡아챘다. 그리고 돌아서는 나연의 입술에 키스했다. 그때 왜 밀어내지 못했던 걸까. 서준과 다시 만나면 찬연했던 그때로 돌아갈 수 있을 거라 생각했던 걸까. 다시 생각해도 알 수 없는 나연이었다.

망가진 사나이

"뇌성마비가 아닌 것 같은데."

새로 등록한 물리 치료실 선생님이 말했다.

"네?"

"반응이 달라요. 제가 이 일만 30년 넘게 했는데. 뇌성마비면 보통 이렇지 않거든요?"

그녀는 돌아서서 메모지에 뭔가를 적어 찢어 주었다.

"여기로 한 번 가 보시겠어요?"

나연은 얼이 빠져 일단 그녀가 알려 준 대학 병원으로 라라를 데려갔다. 접수를 하고 몇 개의 검사를 거친 뒤 마주한 의사가 입을 뗐다.

"아직 말씀드리긴 조심스럽습니다만…… 세가와
증후군일 수도 있거든요?"

나연은 처음 듣는 병명에 눈앞이 캄캄해졌다. 도
하도 없는 상황에서 뇌성마비보다 더 큰 병은 도저히
헤쳐 나갈 자신이 없었다. 하지만 이어진 의사의 말은
정반대였다.

"만약 세가와 증후군이 맞다면 약물만 복용해도
빠르게는 며칠, 늦어도 몇 달이면 완치될 수 있습니다."

나연은 귀를 의심했다.

"뇌손상으로 인한 뇌성마비가 아니라구요?"

"세가와 증후군은 유전자 이상으로 도파민 분비
가 잘 안 되는 병입니다. 뇌손상이랑은 무관하고요.
MRI를 봤을 때 뇌손상 자체가 있었는지도 의문이에
요. 이게 증상이 비슷해서 그렇게 진단하셨을 수도 있
는데……. 라라 양의 경우 MRI도 정상이고, 뇌척수액
검사에서도 유의미한 결과가 나와 일단 의심해 볼 만
합니다."

나연이 현실감이 없어 아무 말도 못 하자 의사가
달래듯 말했다.

"사실 이 병이 알려진 지도 얼마 안 됐고. 확률도

200만 명 중 한 명꼴이라 장담할 순 없거든요? 약 처
방해 드릴 테니 일주일 뒤에 내원해 보시겠어요?"

나연은 어떻게 왔는지도 모르게 집에 도착했다.
핸드백을 보니 병원에서 받은 약이 들어 있었다. 기대
같은 건 없었다. 워낙 말도 안 되는 이야기였기에. 하지
만 이튿날 아침, 라라가 보조기 없이 방을 나오며 말
했다.

"엄마. 나 다리 펴졌어."

라라는 다리를 절지 않고 나연에게 걸어와 안겼
다. 나연은 믿기지 않아 거실 끝으로 가 다시 한번 와
보라고 했다. 라라는 이번에도 보통 아이처럼 걸어와
나연에게 안겼다. 나연은 그 자리에 주저앉아 얼굴을
감쌌다. 이 순간 가장 기뻐할 도하가 없다는 게 원통했
다. 도대체 뭣 때문에 그를 그렇게 원망했던 걸까. 그의
잘못도 아닌 병이었는데.

"엄마, 울지 마……."

모녀는 서로를 끌어안고 한참 동안 일어나지 못
했다.

며칠 뒤, 방송국 대기실로 낯익은 기자가 찾아

왔다.

"김나연 아나운서님?"

"네, 그런데요?"

"아, 안녕하세요. 저희는 인터넷 신문사 데일리 팩트라고 하는데요. 잠깐 인터뷰 좀 가능하실까요?"

나연은 남자의 얼굴을 어디서 봤다 싶었는데 회사 이름을 듣는 순간 확실히 떠올랐다. 그는 도하의 꿈속에서 보안 요원과 몸싸움을 벌였던 기자였다.

"어떤 걸로요?"

"그게……. 남편분 관련해서요. 저희가 꼭 좀 확인하고 싶은 게 있어서."

나연의 사정을 알고 있던 PD가 대신 얼굴을 붉혔다.

"이렇게 무턱대고 찾아오시는 경우가 어딨어요. 나가세요."

기자와 그의 동료가 쫓겨날 때였다. 나연이 PD를 말리며 기자에게 말했다.

"방송 끝나려면 한 시간은 걸릴 텐데. 그때까지 기다려 주실 수 있으세요?"

"아유, 물론이죠."

방송을 마치고 다시 만난 두 사람은, 주변의 눈을 의식해 기자가 타고 온 승합차로 향했다. 나연이 차 중간석에 앉자 맞은편에 앉은 기자가 조심스럽게 입을 열었다.

"저희가 알아보니까 경찰 쪽에선 주요 용의자로."

"녹화가 시작됩니다."

어디선가 인공 지능 목소리가 들렸다. 나연이 무슨 소리인지 의아해하는 사이 운전석에 돌아앉은 기자의 동료가 허겁지겁 가방을 숨기는 게 보였다. 나연이 가방을 빼앗아 열어 보자 캠코더가 들어 있었다. 정색하는 나연의 눈치를 보며 기자가 진땀을 흘렸다.

"야, 말씀을 드리고 찍어야지, 아, 진짜⋯⋯."

동료 카메라맨이 억울한 듯 기자를 쳐다봤다. 기자가 나연에게 굽신대며 말했다.

"아유, 죄송합니다, 아나운서님, 얘가 들어온 지 얼마 안 돼 갖고⋯⋯. 근데 아나운서님, 이거⋯⋯ 모자이크랑 음성 변조해서, 저희 홈페이지에만 좀 올리면 안 될까요? 부장이 하도 닦달해서."

나연은 불쾌했지만 도하에 대한 정보를 들으려면 하는 수 없었다.

"대신 모자이크만 확실하게 해 주세요. 방송국 입장도 있어서."

"아유, 그러믄요."

기자가 카메라맨에게 눈짓을 보내고 다시금 말문을 열었다.

"어, 원래 이야기로 돌아오자면, 경찰 쪽에선 주요 용의자로 윤서준 씨를 꼽는 것 같더라고요?"

"네."

"근데 저희가 봤을 땐 좀 이상해서."

나연이 의아해하자 기자가 말을 이었다.

"동기는 그럴싸한데요. 정황상 안 맞는 게 너무 많아요. 알리바이도 그렇고. 가는 길에만 CCTV가 몇 갠데, 거기에 하나도 안 찍혔다는 게."

그건 나연도 찝찝한 부분이었다. 때문에 경찰에선 서준이 직접 범행하지 않고 누군가에게 사주했을 가능성도 열어 놓고 있었다. 하지만 기자의 생각은 달랐다.

"혹시요, 부군께서 서준 씨 말고, 누군가에게 위협을 당하고 있다거나 그런 거에 대해선 얘기하신 적은 없나요?"

"네. 있어도 말 않는 성격이라."

"흠."

기자가 턱을 괴고 고민하더니 핸드폰을 꺼내 뭔가를 찾기 시작했다. 그가 핸드폰을 나연 앞에 내밀었다.

"혹시 이 사람 보신 적 있으세요?"

투박한 인상의 40대 남자였다.

"아니요, 이 사람이 누군데요?

"그게……"

카메라맨과 눈빛을 교환한 기자가 결심한 듯 털어놨다.

"남편분 팀에서 개발한 신약 부작용으로 따님을 잃었다고 주장하시는 아버님인데요."

"부작용이요?"

"예, 물론 어디까지나 주장입니다만……. 아무튼 그것 때문에 남편분께 원한이 있었던 분인데. 이분이 그렇게 유가족 모임에만 나가시면, 권도하 연구원님을 자기 손으로 죽일 거라고……. 그렇게 말하고 다녔대요."

나연은 온몸의 피가 멈추는 느낌이었다.

기자로부터 남자의 주소를 받아 그를 직접 찾아

나섰다. 기자는 단둘이 만나는 것은 아무래도 위험하지 않겠냐며 만류했다. 경찰을 통하는 방법도 있었지만 나연의 생각은 달랐다. 단둘이 만나 자신이 도하의 아내임을 밝혔을 때, 남자의 눈빛을 보면 그가 진짜 범인인지 단번에 알 수 있을 것 같았다. 무엇보다 도하를 그렇게까지 만든 이유를. 그의 입으로 직접 듣고 싶었다.

남자의 이름은 인섭으로 허름한 다세대 주택에 살고 있었다. 아내와는 이혼했고 자식은 숨진 딸 하나뿐이라고 했다. 남자의 집에 도착해 초인종을 눌렀지만 안에서는 별다른 기척이 없었다. 하는 수 없이 죽치고 있는데 옆집 할머니가 귀가하며 나연을 흘긋했다.

"무슨 일?"

"아, 예, 이 집에 사는 분께 볼일이 있어서요."

"그런 주정뱅이한테 멀쩡한 아가씨가 왜."

"아…… 물어볼 게 있어서."

노파가 혀를 차며 말했다.

"요기로 쭉 나가다 보면 도로 옆에 포장마차 하나 있을 거야. 보나 마나 또 거기서 들이붓고 있겠지."

노파가 구시렁대며 자신의 집으로 들어갔다. 나

연은 노파가 알려 준 대로 도로를 따라 걸었다. 거리는 어느새 땅거미가 내려앉아 있었다. 조금 걷자 할머니의 말대로 포장마차 하나가 보였다. 천막을 걷고 들어가자 구석 테이블에 혼자 소주병을 기울이고 있는 인섭이 보였다. 덥수룩한 수염과 추레한 옷차림이 노숙자가 따로 없었다.

나연은 심호흡하고 천천히 다가갔다. 순간 인섭이 일어나며 소주잔 아래 지폐 몇 장을 끼워 넣더니 먹다 남은 소주병을 들고 포장마차를 빠져나갔다. 나연이 당황해 멈칫하는데 뒤로 주인아주머니가 요리하다 말고 인섭을 쫓아가며 소리쳤다.

"아유, 아저씨! 잔돈 받아 가!"

하지만 포장마차를 나선 인섭의 발소리는 돌아올 줄 몰랐다. 아주머니가 안타까워하며 중얼거렸다.

"아휴, 젊은 양반이 왜 저럴까, 증말."

나연은 인섭을 서둘러 따라나섰다. 거리를 두고 쫓아가며 어떻게 말을 꺼내야 할지 고민하는데 그가 비틀거리며 마주 오던 커플과 부딪혔다. 젊은 남자가 인상을 찌푸렸다.

"아, 뭐야."

인섭은 돌아보지 않고 지나갔다. 남자가 인섭의 뒤에 대고 소리쳤다.

"아저씨, 취했으면 돌아댕기지 말고 집에 가서 잠이나 자."

커플의 여자가 남자를 말리며 돌아섰다. 나연이 불안한 표정으로 인섭과의 거리를 좁힐 때였다. 주머니에서 핸드폰이 울렸다.

"여보세요?"

"네, 나연 씨, 저 서 형삽니다."

"아, 예, 형사님."

대답하며 눈으로는 인섭을 쫓았다. 그는 소주병을 아무 데나 내팽개치며 편의점으로 들어가고 있었다. 핸드폰에서 서 형사의 목소리가 이어졌다.

"말씀하신 김인섭 씨요. 저희도 알아봤는데요. 아닌 게 아니라 이 사람, 예전에 용의선상에 한 번 올랐더라고요."

"정말요?"

"네, 근데 전 담당자가 무슨 이유에선지 용의자에서 제외시켰나 봐요. 저희도 지금 알아보는 중인데요."

나연의 심장이 요동쳤다. 편의점에서 소주 한 병

을 사서 나오는 인섭이 보였다. 그가 병나발을 불더니 그대로 차가 쌩쌩 달리는 8차선 도로로 걸어 들어갔다.

"나연 씨, 듣고 계세요?"

핸드폰에서 서 형사의 목소리가 계속됐지만 나연은 핸드폰을 집어넣을 수밖에 없었다. 자백을 듣기 전에 그가 잘못돼선 안 됐다. 그녀는 인섭을 끌어내기 위해 도로로 달려갔다. 차 한 대가 경적을 울리며 인섭 옆을 아슬아슬하게 비껴갔다. 그 광경에 나연이 주저 없이 가드레일을 넘었다. 인섭이 1차선에 서서 양팔을 벌릴 때였다. 나연이 인섭의 팔을 잡아당겼다.

"뭐 하는 거예요! 빨리 나와요!"

나연을 돌아본 인섭의 눈이 커졌다.

"넌……."

"절 알아요?"

옆으로 성난 차량들이 클랙슨을 울리며 지나갔다. 인섭이 당황하며 대답하지 못하자 나연이 심증을 굳혔다.

"당신이지? 당신이 그런 거지?"

인섭은 여전히 놀란 눈만 깜빡일 뿐이었다. 나연

이 인섭의 점퍼를 잡아당겼다.

"대답해! 당신이 그런 거지? 그런 거 맞지?"

나연이 참았던 울음을 터뜨렸다.

"왜 그랬어, 오빠한테 왜 그랬어!"

순간 클랙슨 소리와 함께 하얀 빛이 두 사람을 밝혔다. 나연과 인섭이 고개를 돌리자 상향등을 켠 5톤 트럭 한 대가 코앞까지 당도해 있었다. 나연이 얼어붙는 찰나 인섭이 나연을 밀치며 자신은 반대편으로 몸을 던졌다. 트럭이 콰앙, 하고 지나가며 아스팔트가 흔들렸다.

눈을 질끈 감았다 뜬 나연은 자신이 살아 있다는 것을 인지하는 데 꽤 많은 시간이 필요했다. 얼떨떨한 얼굴로 중앙선 너머를 보니 어느새 일어난 인섭이 자신을 내려다보고 있었다.

"당신 남편…… 죽을 만했어. 그러니까 너무 억울해하지 마."

인섭은 반대편 차선을 가로질러 건물들 사이로 사라졌다. 나연은 그를 붙잡아야 한다고 생각하면서도 다리에 힘이 풀려 꼼짝할 수 없었다. 다행히 승용차 한 대가 갓길에 멈춰 서더니 여성 한 명이 튀어나왔다.

"괜찮으세요? 여기 계시면 위험해요. 일단 나오세요."

나연은 여성의 부축을 받으며 갓길로 이동했다. 인섭이 자신을 바라보던 마지막 눈빛이 이상하게 잊히지 않았다.

기적의 신약

이튿날 나연은 김 교수의 연구실에서 형사들을 만났다. 서 형사는 나연에게 허술한 수사를 사과하며 일의 경위를 설명했다.

"근데 그 김인섭이라는 사람도 알리바이가 확실해서. 전임자도 하는 수 없이 용의선상에서 배제한 것 같더라고요."

"모임에서 수차례 죽이겠다고 공언했는데도요?"

"그게 만취 상태기도 했고. 신빙성이 떨어진다고 본 것 같아요. 그전에 도하 씨랑 일이 있기도 했고."

"일이요?"

"……청문회, 모르세요?"

나연이 눈만 깜빡이자 서 형사가 말했다.

"아, 말씀 안 하셨나 보구나. 작년에 국회 청문회에서 김인섭이 도하 씨를 폭행했었거든요. 아마 뉴스에선 모자이크돼서 도하 씬지 모르셨을 거예요. 도하 씨 성격에 말 안 한 것도 이해되구요."

나연은 처음 듣는 이야기에 어안이 벙벙했다. 뒷머리를 긁적이던 최 형사가 옆에서 듣고 있던 김 교수에게 물었다.

"교수님, 혹시요. 청문회 때 기억만 좀 들여다볼 순 없을까요? 그날 도하 씨가 받은 충격도 컸을 거라. 그 기억만 되살리면 뭣 좀 나올 것 같은데."

김 교수는 시름에 잠겼다. 불가능해서가 아니었다. 잇따른 실험으로 약해진 도하가 더 버틸 수 있을지 걱정됐기 때문이었다. 하지만 나연의 얼굴을 보았을 때, 더 이상 손 놓고 있을 수만은 없다고 판단했다. 그리고 도하도. 어쩌면 이편을 원할지도 모른다는 생각이 들었다.

김 교수는 만반의 준비를 갖추고 다시 한번 코마 뷰어를 가동했다. 연구원들의 얼굴에 전에 없이 많은 긴장이 흘렀다. 누구 한 명 입 밖으로 내지 않았지만,

도하의 뇌파가 악화됨에 따라 이번이 마지막 접속이
될 수도 있었기 때문이었다.

마지막 점검을 마친 김 교수가 머리에 센서를 붙
이고 누워 있는 나연에게 물었다.

"나연 씨. 시작해도 될까요?"

"네."

나연이 뒤에서 참관 중인 형사들에게로 시선을
옮겼다. 형사들은 어떻게든 찾아낼 테니 안심하고 다
녀오라는 듯 끄덕여 보였다. 나연이 고개를 바로 하며
눈을 감자 연구원이 호흡기를 들어 그녀의 입가에 씌
워 주었다. 튜브를 막아 놓았던 집게를 풀자 수면 가스
가 새어 나왔다.

* * *

여느 때처럼 구파발역에 나연이 기다리고 있었다.
하지만 오늘은 그녀의 분위기가 사뭇 달랐다.

"오빠."

"응?"

"전에 국회에서 청문회 한 적 있었잖아."

"……어떻게 알았어?"

그녀가 애잔하게 웃더니 마저 물었다.

"그날 얘기 좀 해 줄 수 있어?"

"그날?"

갑자기 청문회에 대해 묻는 나연이 이상했지만, 콕 집어 묻는데 대답하지 않을 수도 없어 그날의 기억을 더듬었다. 가장 먼저 떠오른 건 청문회장 입구에서 입술을 물어뜯고 있던 경원이었다.

"긴장할 거 없어. 그냥 연습한 대로만 하면 돼."

하지만 그는 어느 때보다 긴장이 역력한 모습이었다.

"모르는 질문엔 대답하지 말고. 괜히 꼬투리 잡힐 수 있으니까."

"네."

대답하는데 청문회장 문이 열리며 국회 직원이 안쪽을 가리켰다. 우리는 안내에 따라 가림막 뒤로 향했다. 경원이 신변 보호를 요청해 기자들은 우리의 얼굴을 촬영할 수 없었다. 자리에 앉자 청문회장 앞쪽이 어두워지며 스크린에 영상이 재생됐다.

다섯 살쯤 돼 보이는 아이가 환자복을 입고 병실 침대에 앉아 카메라를 응시하고 있었다. 아이는 많이 울었는지 얼굴이 퉁퉁 부어 있었다. 엄마로 보이는 여자가 아이를 감고 있는 붕대를 풀자, 팔이며 등까지 용암이 흐르는 것처럼 짓이겨진 피부가 보였다.

나는 그것이 아토피임을 한참이 지나서야 알아볼 수 있었다. 아토피가 정말 최악으로 치달았을 때 나타날 수 있는 증상이었기 때문이다. 도대체 저 지경이 될 때까지 주위에선 뭘 하고 있었는지 탄식이 새어 나왔다. 상태가 저 정도라면 치료가 된다 해도 후유증이 상당할 것이다. 아이는 평생 가려움과 작열감에 시달리며 약을 달고 살아야 할 것이다. 하지만 더 기가 막힌 것은 아이 엄마의 인터뷰였다.

"전부터 조금씩은 아토피가 있었지만 이 정도는 아니었거든요. 근데 세령제약에서 출시한 바이오 제품을 쓴 다음부턴 이렇게……. 정말 하루하루가 지옥이에요. 저희도 없는 형편에 정말 큰맘 먹고 구입한 약이었거든요. 근데 그게 이렇게 될 줄은……."

우리 제품이라고?

"저럴 리가 없는데……."

나도 모르게 중얼거렸다. 왜냐면 저건 불가능한 일이었기 때문이다. 부작용을 원천 차단하고자 일부러 어렵고 까다로운 절차만 밟아 개발한 제품이었다. 그 결과 수없이 반복된 임상 시험에서도 단 한 번의 부작용 없이 통과되지 않았나. 오히려 예상보다 약효가 탁월해 문제가 될 정도였다. 그런데 부작용이라니. 믿을 수 없었다.

청문회장에 불이 들어오자 경원이 내 귀에 대고 속삭였다.

"당황할 것 없어. 저 새끼들 다 합의금 뜯어내려고 쇼하는 거야, 알지?"

내가 얼떨떨해하며 바라보자 경원이 미간을 좁혔다.

"법무팀에서 다 알아서 한댔어. 우린 그냥 연습한 대로만 하면 돼."

상석에 앉은 위원장이 마이크에 대고 말했다.

"그럼 최창식 의원님. 마저 질의해 주십시오."

"증인들. 영상 어떻게 보셨습니까."

탁상에 놓인 모니터로 국회의원이 보였다. 경원이 침착하게 대응했다.

"어린 환자가 저런 고통을 겪는 것에 대해선 마음 아프게 생각합니다. 다만 해당 증상이 저희 제품과 관련이 없다는 것은 이미 국내외 저명한 교수님들을 통해……."

"뭐가 관련이 없어요! 저 애를 보고도 그런 말이 나옵니까? 증인은 양심도 없어요?"

위원장이 흥분한 국회의원에게 손을 뻗어 제지했다.

"저, 최창식 의원님."

"네?"

"그런 인신공격성 발언은 좀……."

"아니, 이 정도도 못해요?"

위원장은 좀 가라앉히라는 듯 손짓하고 경원에게 발언권을 넘겼다.

"증인. 계속하세요."

"예, 위원장님, 어…… 이번 일에 저희 또한 심각성을 인지하고 해외 검증 기관 토바바이오에서 재검증을 진행했고요. 그 결과 인체에 완전히 무해하다는……."

"왜 굳이 토바바이오에서 검증했습니까? 애초에 시민 단체에서 추천한 다른 검증 기관이 많지 않았습니까!"

"그건…… 기술 유출의 위험도 있고……."

"하여튼 뭐만 하면 기술 유출."

국회의원이 말을 자르며 의혹을 이어 나갔다.

"동영상 속 애만 그런 게 아니에요. 지금 그런 애들이 수십 명은 더 된다고요. 뉴스는 보고 있어요?"

"예, 틈나는 대로 확인하고 있습니다만……."

"세령제약에서 내놓은 제품을 쓰고 피부 전체가 괴사돼서. 그 어린 애가 고통 때문에 깼다가 기절하고 깼다가 기절하고…… 그래서 애 엄마가 어떻게 했습니까."

"의원님. 그 사례 역시 여기서 거론하기에는 적절치……."

"어떻게 했냐구요!"

경원이 답답한 듯 마이크에서 떨어지자 국회의원이 소리쳤다.

"애 엄마가 자기 애를 목 졸라 죽이지 않았습니까! 그러고 난 다음에 애 엄마도 자살하고!"

"의원님, 그것은 사실과 다릅니다."

"뭐요? 그럼 제가 없는 일이라도 지어냈다 이겁니

160

까?"

"아뇨, 그 원인이 저희 제품에 있다는 것은……."

"이 사람들 진짜 안 되겠구만?"

"어허, 최 의원."

위원장이 다시 근엄한 목소리로 국회의원을 나무랐다. 제지당한 국회의원이 발끈했다.

"아니, 왜 자꾸 제 질의 끊으십니까!"

맞은편에 앉아 있던 상대 당 국회의원이 손가락을 치켜들었다.

"위원장님한테 그게 무슨 말버릇이야!"

"뭐? 그럼 내가 지금 흥분 안 하게 생겼어? 청문회에 불렀으면 질의 같은 질의를 해야지 말이야! 다들 뭐 받아 처먹었어? 오전에도 그걸 질문이라고 한 거야?"

상대 당 국회의원이 움찔하며 호통쳤다.

"뭘 받아 처먹어, 받아 처먹기는!"

"당신이 제일 의심스러워!"

"뭐라고? 야, 최창식, 너 말 다 했어?"

"조용히 해! 내 질의 시간이야!"

목소리를 높인 국회의원은 다시 마이크를 움켜쥐며 우리를 노려봤다.

"증인들. 그렇게 떳떳하시면 가림막은 왜 친 거예요? 당당하게 나와서 증언하시지."

"그건."

"아뇨, 그 소장님이라는 분은 가만 계시고. 옆에 있는 연구원이라는 분. 한 번 대답해 보세요."

결국 내 차례까지 오고 말았다. 침을 삼키며 마이크로 몸을 기울였다.

"그건⋯⋯."

그때 누군가 내 머리채를 잡아당겼다. 돌아보니 처음 보는 40대 남자였다.

"야, 이 새끼야, 숨어 있지 말고 나와서 똑바로 말해."

"어어어!"

경원이 소리치며 남자를 붙잡았다. 그 바람에 우리는 가림막 밖으로 노출됐다. 여기저기서 플래시가 요란하게 번쩍였다. 보안 요원들이 허겁지겁 달려와 남자를 뜯어내고는 바닥에 짓눌렀다. 남자는 바닥에 얼굴이 짓이겨지면서도 내 바지를 잡고 놔주지 않았다. 청문회장 문이 열리며 다른 환자 가족들이 난입했다.

"야, 이 새끼들아! 그거 안 놔?"

그들은 남자를 구하러 뛰어오며 보안 요원들과 몸싸움을 벌였다. 사방에서 셔터 소리가 요란하게 울려 퍼졌다. 보다 못한 위원장이 일어나 위엄 있게 양팔을 들어 보였다.

"자자, 환자 가족 여러분, 품위를 지켜 주세요!"

환자 가족 중 한 사람이 악에 받쳐 소리쳤다.

"품위는 니미! 야, 이 좆 겉은 새끼야! 이게 청문회냐? 짜고 치는 고스톱이지?"

"어허! 아무리 환자 가족분들이라도 그런 언행은 용납 못 합⋯⋯."

말하는 위원장의 입술 위로 달걀이 날아와 터졌다. 비서관들이 달려와 그를 웃옷으로 감싸며 다급히 청문회장을 빠져나갔다. 위원장이 꽁무니를 빼자 다른 의원들도 달아나기 바빴다.

나 역시 한시라도 빨리 이곳에서 벗어나고 싶었다. 하지만 바짓단을 틀어쥐고 있는 남자 때문에 꼼짝할 수 없었다. 남자가 나를 올려다보며 울먹였다.

"야, 이 새끼들아, 독인 줄도 모르고 놨어⋯⋯. 독인 줄도 모르고 내 손으로 내 새끼한테 직접 놔 줬다고, 이 개새끼들아⋯⋯."

그 얼굴이 안타까워 눈을 떼지 못하는데, 뒤에서 경원이 튀어나와 내 바짓단을 붙잡고 있는 남자의 손을 마구 밟아 댔다. 놀라서 말리려고 하는 순간, 누군가 소화기를 분사해 시야가 뿌예졌다. 옷깃으로 입가를 막고 쿨럭대는데 누군가 어깨를 잡아 돌아보니 경원이었다. 아래를 보니 바짓단을 잡고 있던 남자의 손도 어디 갔는지 보이지 않았다.

경원을 따라 청문회장을 나오자 홀 쪽에 작은 형체들이 보였다. 청문회장으로 난입한 부모들의 아이들이었다. 아이들은 마스크를 쓴 상태였지만 얼굴 전체에 번진 울긋불긋한 발진으로 보아 동영상 속 아이와 크게 다르지 않은 것 같았다. 손에는 긁는 것을 막기 위해선지 벙어리장갑을 끼고 있었다. 어른들도 감당하기 힘든 고통이었다. 청문회장에서 소화기 분말이 새어 나오며 눈앞이 하얘졌다.

회사 샤워실에 들러 대충 씻고 사무실로 달려갔다. 시중에 유통된 제품부터 분석을 시작했다. 화학적 합성 물질로 제조된 일반 약품과 달리, 바이오 의약품은 생물 유래 물질을 이용하기 때문에 분석이 간단치 않았다. 하지만 10년 넘게 이 약에 매달려 온 나로선 그 구조를 눈감고도 그릴 수 있었다.

세포 분석과 안전성 검증에 적용한 바이오 포렌식 검사 결과를 재확인했다. 실험실에서 진행한 시험, 동물과 인체를 대상으로 한 임상 시험 내용도 재검토했다.

시계를 보니 새벽 3시를 넘어가고 있었다. 나연에게 연락한다는 걸 깜빡한 게 마음에 걸렸지만, 어떻게든 이 밤이 지나가기 전에 나의 지난 10년이 틀리지 않았음을 증명하고 싶었다.

모든 검사 데이터와 시험 결과에 이상이 없음을 확인하고 안도할 때였다. 출시 직전 실시한 최종 성분 테스트 보고서에 낯선 단어가 보였다. 처음 보는 물질. 신약에 대해 가장 많이 알고 있는 나조차도 모르는 성분이었다.

뭐야, 이거.

낯선 물질

실험실에서 쪽잠을 자고 날이 밝자마자 소장실로 향했다. 가장 먼저 경원에게 알려야겠다고 생각했기 때문이다. 문 앞에서 기다리자 비서가 출근했다.

"아침부터 어쩐 일이세요?"

"소장님께 보고할 내용이 있어서요."

"아…… 몸은 괜찮으세요?"

"네?"

"어제 청문회…….'

"아, 예."

괜찮다 대답했지만 아침에 회사 샤워실에서 씻을 때 보니 이곳저곳 멍이 들어 있었다. 잠을 못 자 그런지

피곤함과 함께 어젠 느끼지 못했던 통증까지 밀려왔
다. 비서의 안내에 따라 소장실 소파에 앉아 있자 얼마
지나지 않아 경원이 나타났다. 그가 나를 보자마자 피
식 웃었다.

"몸은 좀 괜찮냐?"

"오셨어요."

나는 일어나며 어떻게 이 사실을 전해야 할지 말
머리를 골랐다. 경원이 하품하며 선수 쳤다.

"별 미친놈 하나 땜에. 골치 아프게 됐다. 뉴스도
대문짝만하게 나가고."

말해야 했다. 어쩌면 그들이 옳았을지도 모른다고.

"근데 걱정하지 마. 법무팀에서 그러는데. 이미 다
조치해 놨대. 좀만 있음 알아서들 찢어질 거라대."

"네?"

"그 새끼들이 그 비싼 병원비를 어떻게 대고 있겠
냐. 보나 마나 몇 놈은 있는 돈 없는 돈 다 끌어 썼다
고. 봉투 몇 개 찔러줬나 봐."

경원은 스탠드 옷걸이에 외투를 걸며 말했다. 일
이 더 꼬이기 전에 알려야 했다.

"소장님. 그 부작용이요."

경원이 웃었다.

"부작용 아니라니까."

"그게…… 어쩌면 저희 문제가 맞을 수도 있을 것 같아요."

"뭐?"

"언뜻 보면 저희 염기 서열 같은데요. 최종 테스트에 처음 보는 성분이 들어가 있더라고요. 아무래도 생산 공정에서 잘못된 것 같은데……."

경원이 말없이 나를 바라보더니 고개를 떨구며 실소했다.

"그래, 널 빼놓고 간다는 것부터가…… 말이 안 되지."

"네?"

"괜히 너한테까지 짐 지우는 것 같아서 말 안 하려 했는데 도하야 그거…… 위에서 오더 떨어진 거다."

"오더요?"

경원이 겸연쩍게 웃으며 뒷머리를 긁적였다.

"그게…… 우리 게 약효가 너무 좋아서. 효능을 좀 눌렀어. 시장성을 고려한 거지. 근데…… 이게 살짝 부작용이 생겼네? 근데 뭐 어떡해. 그 정도는 감수해야지."

"네?"

"위에서도 다 알고 있는 내용이니까. 일단 그렇게
만 알고 있어."

경원은 별일 아니라는 듯 책상 위에 놓인 보고서
를 훑었다.

* * *

스크린을 통해 도하의 기억을 지켜보던 모두는 입
을 다물지 못했다. 형사들과 김 교수, 연구원들은 이곳
에 자주 드나들던 경원과 안면이 있는 상태였다. 저 대
화가 사실이라면 도하의 피습과는 별개로 중대한 범죄
임이 틀림없었다.

"뭐야, 이거……."

최 형사가 넋이 나가 스크린을 올려다보는 사이, 서
형사가 모니터 앞에 앉아 있는 연구원에게 다가갔다.

"연구원님, 이거 녹화되고 있는 거 맞죠?"

"예."

* * *

귀가 의심스러웠다. 경원 역시 청문회장에서 죽어 가는 아이들을 똑똑히 보지 않았나. 그런데도 아무 조치도 없이, 유가족들을 뒷돈으로 찢어 놓겠다고?

"선배, 그래도 이건…… 사람도 죽었고……."

경원의 표정이 떨떠름해졌다.

"그치, 안타까운 일이지……. 근데 뭐, 신약 만들다 보면 이런 일도 있는 거지, 안 그래?"

"네?"

그가 웃으며 말했다.

"도하야. 나라고 마음 편했겠냐. 나도 자식새끼만 둘이다. 근데 어떡해. 이것도 사업인데……. 식약처랑도 얘기 끝났고. 앞으로 시판되는 제품엔 이상 없을 테니까, 이번 한 번만 딱 눈 감고 넘어가, 응?"

"선배, 그래도 이건."

경원이 손을 들어 보이며 외면했다.

"그만. 다음에 하자."

다음에 할 수 없었다. 지금 이 순간에도 아이들은 영문도 모른 채 죽어 가고 있다. 결국 입에 올리기 싫었던 그 단어를 꺼낼 수밖에 없었다.

"선배, 이거 범죄예요……."

"범죄……."

다시 보고서를 들추던 경원이 실소하며 말을 흐렸다. 그가 나를 쳐다보더니 시뻘개진 얼굴로 쏘아붙였다.

"씨발, 너 뭐 중학생이야? 대한민국에서 이 정도 죄 안 짓고 사업하는 새끼 있음 나와 보라 그래! 멍청한 새끼들이나 이상한 거 따지다가 자식새끼한테 가난 물려주는 거야! 언제까지 그러고 살래? 어?"

경원의 이런 표정은 처음이었다. 놀라서 아무 말도 못 하는데 경원이 감정을 추스르며 말했다.

"내일 이사님들 오시는 후원회 있으니까……. 너도 그때 와. 내가 너 말해 놓을 테니까……. 화내서 미안하다."

경원은 수화기를 들어 내가 나간다고 비서에게 알렸다. 허탈해져 경원만 바라보고 있자 비서가 들어와 나를 문 쪽으로 안내했다. 하는 수 없이 나와 복도를 걷는데 휴게실에서 직원들의 말소리가 들렸다.

"내 저 새끼들 저럴 줄 알았어, 내가 뭐랬냐, 보상

금 때문이랬지?"

보상금이란 말에 휴게실 TV를 보니 아니나 다를
까 우리 제품에 대한 뉴스가 흘러나오고 있었다.

"세령제약에서 개발한 아토피 치료제를 사용하고
부작용을 입었다고 주장한 환자 가족이 오늘 오전 경
찰서에 자수했습니다. 이들은 합의금을 목적으로 범행
을 저질렀다고 자백했으며……."

회사에서 수를 쓴 게 분명했다. 막막해져 멀거니
TV만 바라보는데 핸드폰이 울렸다. 전화를 받은 나는
그대로 회사를 뛰쳐나와 택시에 올랐다. 라라가 응급
실에 있다는 연락이었다.

택시에서 내려 응급실로 들어가니 구석 침대에
누워 있는 라라가 보였다. 라라가 나를 보자마자 울음
을 터뜨렸다.

"아빠!"

"어, 라라야, 아빠 왔어."

"아버님 오셨어요."

라라와 함께 있던 어린이집 선생님이 진땀을 흘리
며 일어났다.

"네, 어떻게 된 거예요?"

"아빠, 목이 안 움직여……."

라라가 먼저 대답했다. 그러고 보니 그녀가 내 쪽으로 고개를 돌리지 못하고 있었다. 왼쪽 팔을 타고 진행되던 뇌성마비가 목까지 올라온 것이다. 절망적이었다.

"아빠, 나 이제 목도 못 움직이는 거야?"

그녀가 겁에 질려 물었다.

"아냐, 라라야, 근육이 놀라서 그런 걸 거야, 금방 괜찮아질 거야, 걱정 마."

그녀를 달래고 선생님에게 말했다.

"의사 좀 불러올게요."

돌아서는데 라라가 손목을 붙잡았다.

"아빠! 가지 마! 가지 마!"

비명에 가까운 외침이었다. 나는 놀라 반사적으로 그녀를 쓰다듬었다.

"어, 라라야, 아빠 가는 거 아니야, 의사 선생님 모시고 금방 올 거야."

"아니야! 가지 마! 가지 마……."

그녀가 느끼는 공포감이 손끝을 타고 전해졌다.

내가 차마 돌아서지 못하고 있자 선생님이 일어나며
말했다.

"제가 다녀올게요."

"감사합니다."

옆에 앉아 라라의 손을 쥐었다.

"어, 라라야, 아빠 여기 있을게, 어디 안 갈게."

라라의 손이 땀으로 흥건했다. 제약 회사에 다니
면서 자기 딸 하나 고치지 못하는 내 자신이 혐오스러
웠다.

다행히 30분쯤 지나자 라라가 목을 가눌 수 있게
되었다. 라라는 우느라 진이 빠졌는지 그대로 곯아떨
어졌다. 의사가 하루 정도 상태를 지켜보자고 해 소아
병실로 이동했다. 잠든 라라 옆에 있다 보니 어느새 창
문으로 보름달이 보였다. 제주도에 출장 간 나연에게서
전화가 걸려 왔다.

"어, 나연아."

"어떻게 됐어?"

"어, 목 다 나았고, 지금은 수액 맞으면서 자고 있
어."

"하."

핸드폰 너머로 나연이 가슴을 쓸어내리는 소리가 들렸다.

"내일 첫 비행기로 올라갈 거거든? 오늘만 좀 고생해 줘."

"목요일까지 촬영이라고 하지 않았어?"

"어, 대타 구했어."

"모처럼 갔는데 좀 쉬다 오지."

"걱정돼서 안 되겠어……. 회사는 어떻게 했어?"

"어, 월차 냈어. 새벽엔 장모님 오신다고 하고."

"응."

"장모님께 매번 죄송해서 큰일이다……."

"아냐……. 엄마도 라라 일이면 언제든 전화하랬어."

내가 보육원 출신인 탓에 이런 일이 생길 때면 늘 장모님께서 고생하셨다. 여러모로 최악의 사위였다.

"하루 종일 정신없었을 텐데. 오빠도 좀 쉬어."

"응. 자기도 쉬어."

"응."

전화를 끊고 라라를 보니 얼굴에 달빛이 물들어

있었다. 머리카락 때문에 간지러울 것 같아 정리해 주는데 그녀가 뒤척이며 잠에서 깼다.

"으음, 아빠⋯⋯."

"어, 미안, 아빠가 깨웠지? 더 자."

라라가 고개를 저으며 양팔을 뻗어 보였다.

"안아 달라고?"

그녀가 말없이 고개만 끄덕였다. 나는 라라를 안고 자리에서 일어나 달빛이 드는 창가를 거닐었다. 평소보다 가벼운 것 같아 목이 메었다.

"많이 아팠지."

"아니요."

"거짓말⋯⋯. 애기처럼 울었으면서."

라라가 창피한 듯 내 목에 얼굴을 파묻었다. 목덜미에 작은 숨결이 느껴졌다.

"많이 무서웠어?"

"아뇨, 별로⋯⋯. 아, 맞다. 아빠, 제 잠바 어딨어요?"

"왜, 추워?"

라라를 침대 위에 올려놓고 옷장에서 그녀의 점퍼를 꺼내 왔다. 그녀가 점퍼 주머니에서 뭔가를 꺼내더니 내게 내밀었다. 귤이었다.

"아빠, 이거."

"뭐야?"

"점심 때 나왔는데요. 아빠 줄려고 가지고 있었어요."

제발.

"아빠 귤 좋아하니까……."

귤을 내려다보니 사인펜으로 눈, 코, 입이 그려져 있었다.

"이건 뭐야."

라라가 재밌어하며 웃었다.

"아빠 얼굴이요."

"이걸 아까워서 어떻게 먹어."

"괜찮아요. 또 그리면 돼요. 빨리 그리느라 잘 못 그렸어요. 다음엔 더 예쁘게 그려 줄게요."

귤은 행복한 듯 웃고 있었다. 껍질을 벗기는데 귤 위로 눈물이 떨어졌다.

"아빠, 울어요?"

"아니……."

나는 얼른 눈가를 훔치고 귤을 마저 까 내려갔다.

자신을 이토록 아프게 한 아빠인데. 이 아이는 내가 밉지도 않은 걸까.

"라라야."

"네?"

"아빠 땜에 아파서 미안해……."

그녀의 형체가 흐릿했다.

"아닌데……. 이제 하나도 안 아파요."

나를 위해 괜찮은 척하는 라라의 말에 눈물을 참기 힘들었다. 우는 얼굴을 보여 줄 수 없어 그녀를 껴안았다. 라라가 작은 팔을 들어 내 등을 어루만졌다. 누가 부모인지 헷갈렸다. 그때 앞에서 인기척이 느껴졌다. 고개를 들어 앞 병상을 보니 라라와 비슷한 나이로 보이는, 머리를 삭발한 환아가 보였다.

몸 곳곳에 커다란 튜브들을 달고 있는 거로 보아 중병임이 틀림없었다. 아이 옆에서 엎드려 자고 있는 아이어머니의 심정이 눈에 선했다. 아이는 자다 깬 듯 침대에 앉아 나를 바라보고 있었다. 그 눈빛이 꼭 청문회장 복도에서 봤던 아이들의 눈빛 같았다. 그리고 지금 내 품에 안겨 있는 라라의 눈빛이기도 했다. 나는 그 눈빛에 아무 대답도 할 수 없었다.

최연소 수석연구원

이튿날 장모님께 라라를 부탁하고 출근하는데 회사 입구에 마스크와 야구 모자를 눌러쓴 남자가 보였다. 다른 사람들은 눈치채지 못했지만 난 한눈에 알아볼 수 있었다. 그는 청문회장에서 내 머리채를 잡아당겼던 남자였다.

내가 움찔해 바라보자 그가 패딩 안쪽으로 손을 넣는 게 보였다. 흉기임을 직감했다. 경비원을 부를 수 있었지만 그러고 싶진 않았다. 어젯밤 남자의 인터뷰 기사를 보았다. 그의 딸 역시 신약 부작용으로 사망했다. 나도 만약 라라를 억울하게 잃는다면 저렇게 되지 않으리란 보장이 없었다. 하지만 이런 식으로는 아무것도 바꿀 수 없었다. 나는 그가 제발 거기서 멈춰 주길 바랐다.

간절함이 닿았는지 남자가 뭔가를 다시 집어넣는 게 보였다. 나는 떨리는 다리를 옮겨 회사 안으로 들어 갔다. 엘리베이터 앞에 도착해 돌아보니 유리 벽 너머로 남자가 나를 주시하고 있었다. 등줄기에 식은땀이 흘렀다. 엘리베이터에서 내려 실험실로 가는데 앞에서 들뜬 목소리가 들렸다.

"팀장님! 축하드립니다!"

고개를 드니 사내 게시판 앞에 함박웃음을 짓고 있는 후배들이 보였다.

"어우, 팀장님, 축하드려요."

"와, 수석! 이거 최연소 아니에요?"

게시판을 보니 인사 공고가 나 있었다.

「권도하. 수석연구원. 승진」

"팀장님! 오늘 한턱 쏘시는 거죠?"

후배들이 기뻐하며 펄쩍 뛰었지만 웃을 수 없었다. 승진의 의미는 확실했기 때문이다. 후배들을 진정시키고 본관으로 향했다. 소장실 앞에 도착하니 비서가 나를 보고 당황해 버벅댔다. 그녀가 잠시 기다려 줄 수 있겠냐고 묻더니 어디론가 전화를 걸었다.

"네……. 네, 알겠습니다……. 네."

내 눈치를 보며 통화를 마친 그녀가 미안해하며
말했다.

"다음에 보자고 하시네요. 회의가 길어지실 것 같
다고."

"아…… 기다려도 되는데요."

"아니요. 오늘 못 들어오실 것 같다고……. 이따 후
원회장에서 뵙자고 하세요."

"아, 안에 계신 거 아니었나요?"

비서가 주저하더니 마지못해 대답했다.

"아뇨. 외근 중이세요."

하는 수 없이 비서실을 나와 별관으로 돌아갈 때
였다. 뒤통수가 서늘해 돌아보니 소장실 창문으로 경
원이 나를 내려다보고 있었다. 나는 경혹해 꼼짝할 수
없었다. 그가 싸늘한 얼굴로 날 바라보더니 이내 창가
에서 사라졌다. 그 표정이 의미하는 바는 분명했다.

평소보다 일찍 퇴근해 택시에 올랐다. 보조석에
앉아 아침에 나를 바라보던 경원의 표정을 곱씹는데

택시 기사가 혀를 찼다.

"으휴, 이래서 치정이 무섭다니까요. 이건 뭐 멀쩡한 사람도 한순간에 사이코로 만들어 버리니, 원."

대시 보드에 설치된 TV를 보니 치정 살인 사건 뉴스가 흘러나오고 있었다. 남편이 내연남을 찾아가 아내와 헤어져 줄 것을 사정했지만 거부당하자 석궁을 들고 다시 찾아가 내연남을 살해했다는 내용이었다. 아내란 여자는 졸지에 자신이 사랑한 두 남자를 한 명은 교도소에, 한 명은 저승에 보낸 여자가 되고 말았다.

남 일 같지 않았다. 어쩌면 나도 저렇게 될 수도 있었단 생각이 들었다. 하지만 우리는 잘 이겨 냈다. 나연은 아직도 그 일로 내게 미안해했다. 사실 더 미안한 사람은 나였음에도. 그녀는 가난한 나와 결혼해 안 해도 될 고생을 너무 많이 했다. 아나운서 동료들이 부잣집에 시집가 남 보란 듯 사는 게 부러웠을 텐데도 단 한 번 내색한 적 없었다. 어디 그뿐인가. 나는 그녀에게 가장 소중한 라라에게 몹쓸 병을 지우고, 그녀의 얼굴에서 웃음을 앗아 갔다. 내가 나연에게 한 짓에 비하면 그녀의 불륜 따윈 아무것도 아니었다.

"다 왔습니다."

택시 기사의 말에 창밖을 보니 어느새 후원회가 열리는 호텔 앞이었다. 호텔의 화려함이 어깨를 짓눌렀다. 안으로 들어가니 최고급 호텔답게 로비를 돌아다니는 사람들도 죄 부유해 보였다. 그야말로 다른 세상이었다. 살면서 이런 곳에 나연과 라라를 한 번이라도 데려올 수 있을까 생각하니 우울한 기분이 들었다.

무거운 걸음을 옮겨 후원회장 앞에 도착하자 임원들과 나란히 서서 웃고 있는 경원이 보였다. 경원이 나를 발견하곤 웃으며 손을 들어 보였다. 그는 이제 상류 사회의 어엿한 일원이 된 것처럼 보였다. 그가 있는 곳으로 걸어가 임원들에게 고개 숙여 인사만 하면 끝날 일이었다. 그럼 나도 이런 호텔에 나연과 라라를 데리고 내 집처럼 드나들 수 있게 될지도 몰랐다.

하지만 무슨 이유에선지 발이 떨어지지 않았다. 웃고 있는 경원과 임원들의 얼굴 위로 청문회장에서 봤던 아이들의 얼굴이 겹쳐졌다.

나는 무엇을 위해 여기까지 왔나. 아이들의 목숨 값으로 승승장구한다 한들 진정으로 행복할 수 있을까. 또 그 피 묻은 손으로 나연과 라라는 어떻게 안을 것인가. 만약 라라가 아빠의 진실을 알게 된다면⋯⋯.

눈이 질끈 감겼다. 그대로 돌아서서 호텔을 빠져나왔다. 등 뒤로 경원의 당황한 시선이 느껴졌지만 어쩔 수 없었다. 이게 내 대답이었다.

사무실로 돌아와 언젠가 회사 앞에서 만났던 기자가 준 명함을 찾았다. 다행히 서랍 한쪽에 놓아둔 걸 발견할 수 있었다. 망설임 끝에 전화를 거는데 갑자기 사무실 문이 열렸다. 놀라서 쳐다보니 경비원이었다.

"아유, 늦게까지 고생하시네요."

"아, 네⋯⋯."

"나갈 때 복도 불 좀 꺼 주시겠어요?"

"⋯⋯네."

경비원이 친절하게 웃어 보이고 사무실을 나갔다. 너무 놀라 심장 뛰는 소리가 들릴 지경이었다. 그러면서 사무실을 보니 후배들의 책상이 눈에 들어왔다. 기사가 날 경우 후배들의 커리어는 돌이킬 수 없이 망가질 게 분명했다. 아무 죄 없는 후배들까지 다칠 걸 생각하니 마음이 무거웠다.

정말 한 번만, 회사가 달리 결정해 주길 바랐다. 그렇게만 된다면 신약에 오명을 씌우지 않고서도 부작용으로 고통받는 아이들을 도울 수 있을 것이다. 핸드폰을 집어넣고 신약 데이터를 옮긴 USB를 뽑아 일어났다. 마지막으로 경원을 만나 그의 양심에 호소해 보리라.

지하철역으로 가는 길에 운 좋게도 아직 문을 닫지 않은 베이커리가 보였다. 들어가 라라가 좋아하는 초콜릿 케이크를 주문하자 종업원이 생크림 주머니를 들고 물었다.

"뭐라고 적어 드릴까요?"

"어…… 라라야, 우리한테 와 줘서 고마워, 라고 적어 주세요."

내가 부끄러워 웃자 종업원이 마주 웃더니 글씨를 적어 내려갔다. 어찌나 잘 쓰던지, 인간문화재가 따로 없단 생각이 들었다.

베이커리를 나와 나연과 짧게 통화했다. 나연도 병원에 다 와 간다고 했다. 어서 두 사람을 만나 케이크에 불을 붙이고 싶었다. 지하철역에 조금이라도 빨리 가기 위해 어두운 공원으로 들어갔다.

밤이슬을 맞으며 걷는데 누군가 따라오는 게 느껴

졌다. 돌아보니 아침에 회사 앞에 야구 모자를 눌러쓰고 있던 남자였다. 머리털이 쭈뼛 섰다. 주위를 둘러보니 사람 한 명 보이지 않았다. 일단은 공원을 빠져나가는 게 급선무였다.

보폭을 넓히자 남자의 발소리도 빨라졌다. 방향을 꺾어 화단으로 들어갔다. 화단만 통과하면 자동차들이 많이 다니는 대로변으로 나갈 수 있었다. 돌아보니 남자도 화단으로 들어오고 있었다. 잔가지에 다리가 계속해서 긁혔지만 멈출 수 없었다. 남자와 내가 낙엽을 밟는 소리만이 어지럽게 울려 퍼졌다.

다행히 대로변으로 나오니 차량들이 많이 보였다. 하지만 여기서도 잡히면 끝장이란 생각이 들었다. 뛰면 그를 자극할 것 같아 부지런히 발걸음을 옮기다 횡단보도 앞에서 멈춰 섰다. 그런데 신호가 바뀔 생각을 않았다. 돌아보니 남자와의 간격이 좁혀지고 있었다.

그가 점퍼 안에서 신문지로 돌돌 만 뭔가를 꺼내는 게 보였다. 끝이라고 생각한 순간, 다행히 시각 장애인 경보음이 울리며 보행 신호가 떨어졌다. 나는 서둘러 헤드라이트를 쏟아 내는 자동차들 앞으로 걸어 들어갔다. 다시 고개를 돌려 보니 환한 불빛 속에서 머뭇

거리던 남자가 다시 점퍼 안으로 흉기를 집어넣고 있
었다.

횡단보도를 빠져나오자 멀리 지하철역이 보였다.
사람들이 많은 지하철역까지만 가면 일이 벌어진다 해
도 피해를 최소화할 수 있을 것 같았다. 하지만 남자도
같은 생각이었는지 곧장 나를 향해 달려오기 시작했
다. 남자가 신문지를 풀어헤치자 들고 있는 칼날이 시
퍼렇게 번뜩였다. 필사적으로 도망쳤지만 남자의 발소
리는 가까워질 뿐이었다. 끝내 목덜미를 잡힐 것 같은
순간, 귓가를 때리는 듯한 클랙슨이 울리며 처음 보는
세단 한 대가 내 옆으로 멈춰 섰다. 쳐다보니 운전석
창문이 내려가며 웃고 있는 경원이 드러났다.

"뭐야. 어딜 그렇게 뛰어가."

"선배……."

돌아보니 남자가 옆 건물로 황급히 숨는 게 보였
다. 경원이 내 시선을 따라갔다가 물었다.

"뭐 봐?"

"……아니요."

경원이 알게 되면 경찰부터 부를 게 분명했다. 남
자의 인생을 더 망치기 싫었다. 경원이 웃었다.

"진짜 너란 녀석은 알다가도 모르겠다니까. 타, 데려다줄게."

"……감사합니다."

보조석으로 가며 남자가 숨은 건물을 바라봤다. 남자는 다시 나타나지 않았다. 보조석에 앉으니 그제야 몸이 덜덜 떨려 왔다.

"뭐야. 귀신이라도 본 사람처럼."

귀신?

"선배."

"응?"

"저 발견하셨을 때요. 혹시 뒤에 누가 쫓아오는 거 못 봤어요?"

"쫓아오는 거?"

나를 보고 차를 세웠다면 내 뒤에 칼을 들고 바짝 쫓아오던 남자를 못 봤을 리 없다.

"아니? 못 봤는데? 아까 횡단보도 건널 때부터 봤는데. 뒤에 아무도 없었어."

손발의 떨림이 멈추지 않았다.

완전범죄

경원이 잠깐 괜찮냐며 서울 외곽으로 차를 몰았다. 라라가 기다릴 것 같아 서두르고 싶었지만, 경원을 마지막으로 설득해 볼 기회인 것 같아 그러자고 했다. 도로를 벗어나 야산으로 들어가자 가로등이 드문드문 켜진 길이 보였다. 창밖으로 보이는 나무들이 왠지 을씨년스러워 올려다보자 경원이 피식 웃었다.

"좀만 있어 봐. 살면서 가장 멋진 서울을 보여 줄 테니까."

경원의 허세에 웃음이 지어졌다. 하지만 10분쯤 더 들어가자 이런 내 웃음은 무색해지고 말았다. 도착한 곳은 산 중턱의 공터로, 서울의 야경이 한눈에 내려다보였기 때문이다. 자판기와 벤치 몇 개가 놓여 있는 것으로 보아 등산객들이 이따금 쉬어 가는 곳 같았다. 전망 좋은 곳에 차를 세운 경원이 으쓱해 보였다.

"어때? 나쁘지 않지?"

서울의 야경이 황금빛 가루를 뿌린 듯 아름답게 반짝거렸다.

"이런 덴 어떻게 아신 거예요?"

"옛날에. 아버지 빚 떠안고 멘붕 왔었잖아. 그때 이 산 저 산 안 다닌 데가 없었거든. 집에만 있다간 미쳐 버릴 것 같아서⋯⋯. 그때 알게 됐지. 근데 봤다시피 오는 길이 험해서. 아는 사람 빼곤 모르더라고."

그는 지나간 세월이 그려지는 듯 야경을 내려다보며 말했다.

"그때부터 힘들거나 머리 아픈 일 있으면. 여기 와서 야경 좀 보다가⋯⋯ 저 뒤에서 커피 한 잔 뽑아 먹고. 또 보다가⋯⋯ 내려가는 나만의 힐링 스팟이랄까."

그가 이곳에 와 홀로 삼켰을 눈물들을 생각하니 코끝이 시큰해졌다. 그가 한숨을 쉬며 말했다.

"후. 이제 좀 살 것 같구만."

"후원회는요?"

"어, 아직 하는 중이야. 얼굴도 비췄고⋯⋯. 노인네들 비위 맞추는 것도 지친다 지쳐."

경원을 후원회장에 그렇게 두고 온 것이 미안해졌다. 그는 내 돌발 행동에 일언반구 하지 않았다.

"옛날엔 아무리 바빠도 너랑 술 한잔은 꼭 했었는데. 물론 넌 그때마다 도망가려고 야단이었지만."

"하하, 제가 그랬나요."

"안 그랬다고? 술맛 떨어지게 5분마다 시계 보던 놈이 누구였는데."

내가 미안해 웃자 경원이 마주 웃었다.

"이 이기적인 새끼야."

"하하."

"흐⋯⋯ 그래도 그때가 좋았어?"

경원을 보니 눈망울에 야경이 맺혀 있었다.

"우리가 같이 일한 지 얼마나 됐지?"

"10년 넘었을 겁니다."

"와, 10년⋯⋯. 어떻게 버텼냐, 우리⋯⋯. 진짜 대단하다⋯⋯."

내가 따라 웃자 경원이 들떠서 말했다.

"그거 기억나? 우리 팀 없앤다고 했을 때. 너랑 나

랑 이사회 시간 어떻게 알아 가지고. 회의하는데 쳐들어가서 이사 놈들 바짓가랑이 붙잡고."

"하하하."

"좀만 더 시간 달라고……. 그때 김 소장 얼굴 기억나? 하하, 그 새끼 요즘 뭐 하고 사냐? 나 그때 쪼인트 까인 거 아직도 흉터 있어."

당시엔 정말 죽을 것 같았는데, 지나고 나니 다 웃을 수 있는 추억이 되었다. 경원이 뭉클한 표정으로 말했다.

"진짜……. 진짜 그렇게까지 하면서 우리가 일군 거야, 그치?"

그 말에 나 역시 먹먹해졌다. 이어진 경원의 목소리가 가라앉았다.

"근데 도하야. 이거 터뜨리면…… 이거 하자고 한 놈들, 하나도 피 안 본다? 우리만 꼬리 자르기 당할 거야……. 그런데도 꼭 터뜨려야겠냐?"

철렁해 경원을 바라보았다.

"알고 있어. 신약 파일 빼 간 거. 사무실 컴퓨터에 USB 꽂히면 나한테 연락 오게 돼 있거든."

내가 미안해 아무 말도 못 하자 경원이 말했다.

"도하야, 그냥 딱 한 번만, 정말 딱 한 번만 눈 감고 넘어가면 안 되겠냐? 다른 거 생각하지 말고…… 그냥, 가족만 생각해, 어? 라라 병, 나중에 좋은 치료법 나와도 그거, 우리가 쥐뿔도 없으면 딴 놈들이 눈앞에서 채 가는 거야, 그럼…… 라라 평생 침대에만 누워 있어야 될지도 모르는데, 너 그거 볼 수 있겠냐?"

라라가 겁에 질려 울던 얼굴이 떠올랐다. 경원의 말처럼 이대로 직장까지 잃으면 라라의 병을 고칠 수 있는 기회는 영영 날아가 버릴지도 몰랐다. 내 양심 하나 때문에 가족들을 희생시키는 게 맞는 걸까 싶었다.

"도하야."

"죄송해요, 선배."

더 흔들리기 전에 말해야 했다.

"그 애들요. 우리가 말 안 하면 정말 손 한번 못 써 보고 죽게 될 거예요……."

경원의 목소리가 험악해졌다.

"너 회사에 비밀 서약한 건 알고 있어?"

"……."

"회사에서 고소하면 니네 식구 길바닥에 나앉는 건 한순간이라고. 지금 누굴 상대하려는지 알고는 있는 거야?"

두려웠다. 눈앞이 캄캄해질 만큼. 하지만 일이 잘
못돼 전 재산을 잃는다 하더라도 나연과 라라는 이런
선택을 한 나를 이해해 줄 것이다. 그녀들은 언제나 나
보다 현명했으니까.

"……죄송합니다."

"하."

경원이 깊은 한숨을 토했다.

"……그래, 니 말대로 하자."

잘못 들었나 싶어 바라보니 경원이 쓴웃음을 짓
고 있었다.

"니가 하자는 대로 할게."

내가 울컥해 웃자 경원이 동전을 꺼냈다.

"커피 안 마실래? 뒤에 자판기 있는데. 나 생각 좀
하게 커피 한 잔만 뽑아다 줄래?"

"네."

동전을 받아 차에서 내렸다. 문을 닫으려는데 휑
한 그의 얼굴이 안쓰러웠다. 공든 탑을 스스로 무너뜨
리는 심정이 오죽하랴.

"선배."

"어?"

"진짜 고마워요."

그가 떨리는 눈으로 대답했다.

"……넌 나 이해할 거야, 그치?"

백번도 더 이해할 수 있었다. 그가 처음부터 다시 시작하자고 한다면 기꺼이 그럴 것이다.

"갔다 올게요."

내가 웃으며 대답하자 그가 내 눈을 피하며 핸들을 내려다보았다. 차에서 나오니 밤공기가 쌀쌀했다. 공터에 아무도 없어서 더 그런 것 같았다. 구석을 보니 1222라는 번호판을 단 3톤 트럭 한 대가 보였다. 번호판도 번호판이었지만 승용차도 간신히 통과한 산길을 어떻게 지나왔는지 신기했다.

그때 발아래로 검은 그림자가 드리웠다. 뭐지? 하며 돌아보는데 머리 위로 끈 하나가 날아들며 목을 조여 왔다. 당황해 끈을 붙잡으려고 했지만 누군가 양팔을 잡는 바람에 그마저도 불가능했다. 뒤쪽으로 단단한 상체가 느껴졌다. 살의 역시 근육만큼 확고한 것 같았다. 나는 고개를 돌려 그들의 얼굴이라도 확인하고 싶었지만, 그들은 그것조차 용납할 마음이 없는 듯 더욱 끈을 팽팽하게 잡아당겼다. 숨이 막히며 시야가 흐릿해졌다. 정신이 몽롱해지더니 이내 끝없는 어둠이 찾아왔다.

* * *

연구실에서 지켜보던 모두는 경악해 입을 다물지 못했다. 서 형사가 재빨리 도하의 목을 확인했다. 액혼이 아직까지 희미하게 남아 있었다. 연구원들이 서로를 보며 수군거릴 때였다.

"쉿."

김 교수가 입술 위로 검지를 들어 보였다. 모두가 김 교수를 돌아보자 그가 천장에 달린 스피커를 가리켰다. 연구원들이 스피커를 올려다보자 가쁜 숨소리가 새어 나왔다.

* * *

범인은.

경원의 사무실에 들렀던, 심부름센터를 운영한다던 선배였다. 그는 도하의 숨소리가 끊길 때까지 산악용 로프를 거칠게 잡아당겼다. 옆에서 도하의 양팔을 붙잡은 그의 교도소 동기마저 이대로 도하의 목이 잘려 나가는 건 아닌지 불안할 정도였다. 마침내 도하의 사지가 축 늘어졌다. 두 사람이 눈을 마주치며 도하를 내려놓자 도하가 가을철 세워 둔 짚단처럼 맥없이 쓰러졌다. 도하의 맥박을 짚어 본 교도소 동기가 경원의 선배를 향해 고개를 주억였다. 그때 뒤쪽에서 발걸음 소리가 들렸다. 두 사람이 흠칫해 돌아보자 가로등이 안 닿는 어둠 속에서 누군가 걸어오고 있었다. 경원이었다.

"죽었어요?"

경원이 떨리는 목소리로 묻자 그의 선배가 조용히 끄덕였다. 그의 얼굴에선 계속해서 식은땀이 줄줄 흐르고 있었다. 경원이 불안한 눈으로 주위를 살피자 멀리 3톤 트럭이 보였다.

"저건 확인한 거죠?"

"응."

긴 숨을 토해 낸 경원이 주머니에서 장갑을 꺼내

착용했다.

"들죠."

세 사람은 도하의 팔다리를 잡고 숲 쪽으로 이동했다. 경원이 몰고 온 대포차 옆을 지나는데 뒷좌석에 도하가 들고 탄 케이크가 경원의 눈에 들어왔다. 경원은 자신을 이 지경까지 내몬 도하가 원망스러웠다. 공터에서 내려와 수풀 앞에 도착했을 때였다.

"잠깐만요."

경원이 도하의 주머니를 뒤져 USB를 꺼냈다. 고개를 끄덕이자 남자들이 도하를 수풀에다가 던졌다. 도하가 굴러가며 휘어졌던 수풀이 다시 세워졌다. 경원은 이대로 후원회장으로 돌아가면 자신의 알리바이는 완벽해진다고 생각했다. 며칠 전 소동도 있었던 만큼 용의자는 환자 가족들에 국한될 것이다. 하지만 뭔가 찜찜했다.

"뭐해? 안 가?"

공터로 돌아가던 경원의 선배가 생각에 잠겨 있는 경원에게 물었다. 경원은 이상하게 발이 떨어지지 않았다. 뭔가 중요한 것을 빠뜨린 느낌이었다. 알 수 없는 불안함에 처음부터 하나하나 되짚어 봤지만 잊어버린 것은 없었다. 그런데도 가장 중요한 뭔가를 놓치고 있는 느낌이었다. 뭘까. 도대체 뭘까.

"경원아."

선배가 다가와 경원의 어깨를 잡았다.

"빨리 가야 된다면서."

"뭐 잊은 거 없죠?"

"없어, 너 오기 전에 수십 번도 더 체크했어."

그가 경원의 등을 감싸며 대포차로 향할 때였다. 갑자기 공터가 환해지며 시끄러운 엔진 소리가 적막을 깨트렸다. 놀란 세 사람은 언덕을 올라가다 말고 납작 엎드렸다. 경원의 선배가 교도소 동기에게 눈짓했고, 선두에 있던 교도소 동기가 조심스레 구릉 너머를 내다보았다. 공터에 서 있던 1222 트럭에 시동이 걸려 있는 게 보였다. 옆으로 트럭 기사가 졸린 눈을 비비며 자판기에 동전을 넣고 있었다. 그가 커피를 뽑아 느긋하게 운전석에 오르더니 이내 트럭을 몰고 산 아래로 사라졌다. 공터에 다시 고요함이 내려앉자 망을 보던 교도소 동기가 돌아보며 말했다.

"갔어요."

세 사람은 공터 위로 올라와 불안에 떨었다.

"봤을까요?"

"아뇨. 못 본 것 같던데."

교도소 동기가 대답했지만 불안함을 지우긴 부족했다. 경원이 엄지손톱을 물어뜯자 선배가 다독였다.

"방금 왔을 거야. 아까 내가 내려가면서도 봤거든."

"……네."

"일단 빨리 뜨자."

선배의 주도 아래 세 사람이 서둘러 대포차로 이동했다. 경원이 운전석 문을 열고 차에 오르려던 때였다. 공터 바닥에 난 트럭 타이어 자국이 눈에 들어왔다.

"블랙박스."

경원의 말에 선배와 교도소 동기가 멈칫하며 돌아봤다. 경원이 하얗게 질린 채 선배를 바라봤다.

"블랙박스에 찍혔을 것 같은데."

그때 수풀에 버려져 있던 도하의 손가락이 까딱하고 움직였다.

"크헉."

눈을 번쩍 뜬 도하가 세상의 모든 공기를 집어삼키려는 듯 숨을 크게 들이켰다.

완벽한 오후

형사들은 연구실을 나와 사무실에 전화를 걸었
다. 1222 차적 조회를 요청하니 실재하는 차량이었다.
차주에게 전화해 블랙박스부터 확인했다.

"있다고요?"

형사들의 눈이 반짝였다.

"네, 사건에 중요한 단서가 담겨서요, 네, 지금 저
희 형사가 그쪽으로 이동할게요, 어디라고 하셨죠?
……아, 강원도 화천이요?"

서 형사가 고개를 돌리니 어느새 최 형사가 급히
걸음을 옮기며 손을 뻗고 있었다. 서 형사가 주머니에
서 차 키를 꺼내 던지며 외쳤다.

"블랙박스 확보하는 대로 전화해!"

"예!"

차 키를 낚아챈 최 형사가 복도를 빠져나갔다. 서 형사는 차주의 정확한 위치를 파악해 최 형사에게 문자를 보내고, 동료들에게 전화해 경원의 소재부터 파악했다. 블랙박스에 대포차만 찍혀 있다면 나머진 식은 죽 먹기였다.

* * *

목이 끊어지는 듯한 통증이 밀려왔다. 목을 부여잡고 끅끅대는데 멀리서 소리가 들려왔다.

"우리 숨어 있었잖아."

"아니요. 이 차가 찍혔을 것 같애요."

"대포찬데 상관없지 않나?"

"이 차가 특정되면 위험해요……. 딴 데 버리죠."

경원의 목소리였다. 경원이 왜……. 생각할 틈도 없이 남자들이 이쪽으로 다가오는 소리가 들렸다. 달아나야 했다. 땅을 짚고 일어나려고 했지만 다리에 힘이 들어가지 않아 기어서 도망칠 수밖에 없었다. 나무 뒤에 숨자 남자들이 수풀을 헤치는 소리가 들렸다.

"어? 어디 갔지?"

"뭐가."

"안 보이는데요?"

"뭐가 안 보여. 잘 찾아봐."

어느새 나무 뒤까지 다가온 남자의 인기척이 느껴졌다. 도박을 해 보는 수밖에 없었다. 어금니를 악물며 있는 힘껏 비탈을 박차 올랐다. 가능할까? 생각하는 순간 다리에 힘이 들어가기 시작했다.

"어어! 도망간다!"

사내들이 등 뒤에서 소리쳤다. 나는 경원이 차를 몰고 왔던 길로 무작정 달리기 시작했다. 하지만 목이 졸려서일까 금세 숨이 찼다. 조금씩 떨어지는 빗방울도 몸을 한층 무겁게 했다. 이래서 무사히 도로까지 나갈 수 있을까 걱정하던 그때, 뒤쪽에서 환한 빛이 쏟아졌다. 돌아보니 승용차 헤드라이트였다. 승용차는 내 뒤를 쫓아오던 남자들에게 비키라고 경적을 울렸다. 남자들이 길가로 붙어 서자 승용차가 나를 향해 돌진해 왔다.

그리고 운전석엔. 경원이 보였다. 그를 보자마자 직감할 수 있었다. 그는 내가 죽길 바란다는 것을.

포효하는 듯한 엔진 소리와 함께 경원의 차가 순식간에 바짝 따라붙었다. 나는 방향을 틀어 옆쪽 비탈을 탔다. 정신없이 오르다가 돌아보니 차에서 내린 경원이 나를 허탈하게 올려다보고 있었다. 도대체 이렇게까지 하는 이유가 뭐냐고 묻고 싶었다. 하지만 경원을 지나쳐 씩씩대며 쫓아오는 남자들이 보여 돌아설 수밖에 없었다.

그렇게 한참을 도망치는데 발목이 획 잡아채 당겨졌다. 발길질을 해 떼어 내려 했지만 처음 보는 남자는 얼굴이 밟히면서도 좀체 떨어지지 않았다. 그가 주머니에서 뭔가를 꺼내더니 내 옆구리를 파고들었다.

"아!"

차가운 느낌은 온몸을 경직시키며 극심한 고통으로 이어졌다. 반사적으로 힘껏 밀어내자 그가 뒤집히며 비탈 아래로 굴러떨어졌다. 옆구리를 보니 남자가 찌른 잭나이프가 그대로 꽂혀 있었다. 뽑아내려 하자 장기에 걸렸는지 말도 못 하게 고통스러웠다. 아래를 보니 언젠가 마주쳤던 경원의 선배가 산짐승처럼 네

발로 올라오고 있었다. 나는 눈을 질끈 감으며 힘을 주어 잭나이프를 뽑아냈다.

"아으으……."

창자가 잘려 나가는 느낌이 들며 피가 철철 쏟아졌다. 상처를 움켜쥐며 다시 일어나 달렸다. 서러움에 계속해서 눈물이 흘렀다. 눈물로 시야가 흐릿해 코앞에 나무만 겨우 피하며 뛰는데 아래로 자동차 불빛들이 보였다.

사람이다. 저기 사람들이 있다.

내리막을 미끄러지듯 내려가자 눈앞으로 고속도로가 펼쳐졌다. 터널 지붕 위였다. 돌아보자 뒤쫓아 온 남자들이 어느새 나를 포위하고 있었다. 남자들을 주시하며 뒷걸음질 치는데 발을 헛디뎌 돌아보니 지붕 끄트머리였다. 터널 안에서 차들이 빠른 속도로 튀어나오고 있었다. 경원의 선배가 손을 뻗으며 말했다.

"도하 씨. 그만둬요. 거기서 떨어지면 바로 즉사야."

"……."

"알았어요. 제가 경원이 자식 타일러 볼게요. 둘이 다시 한번 얘기해 봐요, 예? 우리도 아무도 안 죽고 끝나면 그게 베스트야."

그가 천천히 다가왔다. 진심일까?

"도하 씨?"

아니. 그럴 리 없잖아.

그가 나를 낚아채려는 듯 잽싸게 손을 뻗었고, 그 손이 닿기 전 나는 터널 밑으로 뛰어내렸다. 발이 땅에 닿으며 우지끈 뼈가 부러지는 소리가 들렸다. 머리가 도로에 부딪히며 시야가 빙글빙글 돌았다. 일단 도로에서 벗어나야 한다는 일념에 무의식적으로 몸을 일으킬 때였다. 옆쪽에서 환한 빛이 쏟아졌다. 돌아보니 커다란 경적과 함께 대형차의 전조등 불빛이 빠르게 나를 덮쳐 오고 있었다. 퍽! 소리와 함께 온몸이 으깨지며 어디론가 처박혔다. 전신이 피로 뒤덮이며 외려 따뜻함이 느껴졌다.

그리고 그 순간. 라라의 반듯해진 다리가 보였다. 조금의 비틀림도 없이, 다시 건강해진 다리가. 꿈속에 나는 그녀의 무릎에 자전거 보호대를 채워 주고 있었다.

"다리 이렇게 해 봐."

내가 다리를 오므렸다 펴자 그녀가 어렵지 않게 따라 했다. 보조기 없인 상상도 할 수 없는 동작이었다.

"안 불편해?"

"네."

"이쪽은?"

그녀가 문제없다는 듯 깡총 뛰어 보였다. 내가 재 밌어 웃자 그녀가 따라 웃었다. 가을 하늘에 어울리는 청명한 웃음이었다.

구름 한 점 없는 날씨에도 불구하고 가로수 길엔 아무도 보이지 않았다. 쭉 뻗은 가로수 길에서 라라가 자전거 손잡이를 잡고 버둥거렸다. 뒤에서 안장을 잡 아 주다 페달을 힘차게 돌리는 그녀의 다리를 보니 가 슴이 뭉클해졌다. 그녀가 불안한 듯 물었다.

"아빠, 잡고 있는 거 맞죠?"

"어, 잡고 있어."

대답하며 천천히 손을 뗐다. 라라는 내가 놓은 줄 도 모르고 앞만 보며 페달을 밟아 나갔다.

"아빠, 놓으면 안 돼요."

"어."

"아빠, 진짜 놓으면 안 돼요."

"어어."

이제는 두발자전거도 끄떡없어 보였다. 기특해 바라보는데 왜 자꾸 눈물이 나는지 이해할 수 없었다. 정말이지 완벽한 오후였다.

* * *

충돌과 함께 도하의 손목시계도 망가져 11시에 멈췄다. 갓길로 날아간 도하는 그렇게 환각을 보다가 입김이 멎었다.

도하를 쫓던 청부업자들은 터널 위에서 두 눈을 껌뻑거렸다. 얼굴에 뭔가가 흘러내려 닦아 보니 도하가 버스에 부딪히며 튄 핏방울이었다. 경원의 선배는 장갑에 묻은 도하의 피를 보고 두려움에 질렸다. 꼬여도 이렇게 꼬이리라곤 생각도 하지 못했다.

도하와 충돌한 버스가 비상 깜빡이를 켜며 갓길에 멈춰 섰다. 버스에서 사람들이 다급히 내려 주변을

두리번거리더니 이내 도하를 발견하고 응급조치를 시
작했다.

　여기까지가 코마뷰어를 통해 알아낸 사건의 전말
이었다.
　서 형사는 경원이 해외 출장길에 나섰음을 알고
급히 공항으로 향했다. 경원이 해외로 나갔다가 이상한
분위기를 감지하고 그대로 잠적해 버리면 골치 아팠다.
사이렌을 올리고 앞선 차들을 추월하는데 블랙박스를
확보하러 나섰던 최 형사에게 전화가 걸려 왔다.
　"어, 찾았어?"
　"예, 선배, 지금 보고 있어요, 78사에 5837, 이거
빼박인데요?"
　"잡았다, 이 새끼."
　서 형사가 핸들을 불끈 쥐었다. 범행 차량을 특정
하지 못해 미궁에 빠졌던 수사였다. 사건 당일 경원의
동선이 완성되는 순간이었다.
　"어, 조심해서 가져오고, 이따 서에서 봐."
　"예, 선배."

그 시간 경원은 왠지 모를 불안함에 휩싸인 채 공항 무빙워크를 타고 있었다. 그날 이후 종종 이런 기분이 들곤 했는데, 오늘은 유독 심했다. 특히 산비탈을 타고 도망가던 도하가 자신을 돌아보며 뭔가를 말하려던 얼굴이 자꾸 떠올라 온몸에 식은땀이 배어 나왔다.

도대체 무슨 말을 하려고 했던 걸까. 설마 시키는 대로 다 할 테니 이쯤에서 멈춰 달라는 말을 하려던 건 아니었을까. ……아니다. 녀석은 목에 칼이 들어와도 제 신념을 굽힐 인간이 아니었다. 애초에 녀석을 좋아한 이유도 나랑은 다른 인간이어서가 아니었나.

도하에 대한 미안함은 평생 그의 아내와 딸을 지원하며 갚아 나가면 된다. 라라의 병도 내가 꼭 고쳐줄 것이다. 창밖을 보니 활주로에 대기 중인 비행기들이 보였다. 경원은 일정이 끝나면 며칠 더 해외에 머무르며 머리를 식혀야겠다고 생각했다.

비행기에 탑승한 경원은 잡지를 읽다가 문득 시계를 확인했다. 출발 시각이 한참 지났는데도 비행기는 꿈쩍할 생각을 않았다. 고개를 내밀어 어수선한 기내를 둘러보았다. 스튜어디스들이 항의하는 승객들을 달래며 자신을 힐긋힐긋 쳐다보는 느낌이 들었다.

'뭐야……'

내가 예민한 건가 생각하는데 멀리 통로 커튼이
열리며 서 형사가 나타났다. 서 형사가 이곳에 나타날
이유는 한 가지밖에 없었다. 경원이 굳은 얼굴로 올려
다보자 서 형사가 수갑을 꺼내며 말했다.

"이경원 씨. 당신을 권도하 씨 살인 미수 혐의로
긴급 체포합니다."

아쿠아리움

"이번 사과문에는 신약의 부작용을 공식적으로 인정한다는 내용과 함께, 피해자들에 대한 지원과 보상을 최대한으로 하겠다는 약속이 담겼는데요……."

뉴스에는 발표를 듣고 서로를 부둥켜안으며 오열하는 환자 가족 대책 위원회가 나오고 있었다. 특히 이미 아이를 잃은 부모들이 바닥에 주저앉아 고개를 들지 못하는 모습이 전 국민의 코끝을 찡하게 만들었다. 개중에 한 명이었던 인섭이 눈물이 번진 얼굴로 카메라 앞에 섰다.

"아직 진상 규명은 더 필요해 보입니다만……. 일단은 만족한다는 입장이구요."

울컥해 잠시 말을 멈춘 그가 힘겹게 입을 뗐다.

"이번 진실을 밝히기 위해 내부 고발을 하시려다 식물인간이 되신 권도하 팀장님께…… 깊은 사죄와 더불어 어서 쾌유하셨으면 하는 바람을 전합니다."

뉴스 화면은 김 교수의 연구소 앞에 나와 있는 기자로 바뀌었다.

"하지만 이러한 바람과는 달리 권도하 의인은 오늘로 203일째 혼수상태에 접어들고 있는데요. 지금도 많은 분들이 의인의 회복을 바라고 계시겠지만, 안타깝게도 가족과 의료진은 의인의 상태가 악화됨에 따라 안락사를 준비 중인 것으로 알려졌습니다."

안타까운 소식에 사람들은 촛불을 들고 도하가 있는 연구소 앞으로 모였다. 뉴스는 도하의 회복을 기원하는 사람들의 모습을 연일 보도했다. 김 교수의 코마뷰어 기술도 화제가 집중되는 데 한몫했다. 때문에 김 교수는 출근할 때마다 기자들에게 시달려야 했다.

"교수님, 한 말씀만 해 주시죠, 정말 권도하 씨의 회복은 조금도 어려운 겁니까?"

"죄송합니다. 자세한 내용은 지원팀에서 알려드릴 겁니다."

"이번 수사에 교수님의 코마뷰어 기술이 결정적 역할을 했다고 들었는데요. 본래 이 기술은 환자를 회복시키는 데 역점이 있지 않습니까? 그렇다면 본래 목적은 실패했다고 볼 수 있는 건가요?"

김 교수도 이 질문에서만큼은 멈칫할 수밖에 없었다. 기자의 태도가 무례해서가 아니었다. 기자의 질문이 정곡을 찔렀기 때문이었다. 무의식을 영상화한 것만으로도 노벨상 후보로 거론되는 김 교수였지만, 정작 본인은 도하를 살리지 못했다는 무력감에서 조금도 헤어나지 못하고 있었다. 반응을 보인 김 교수에게 다른 기자들까지 가세했다.

"식물인간이 된 환자의 무의식을 동의 없이 파헤쳤다는 점에서 윤리적인 문제가 될 수도 있는데요. 이 점에 대해선 어떻게 생각하십니까."

"……죄송합니다."

김 교수는 사과의 말만 남긴 채 연구소로 들어갔다. 눈에 띄게 어두워진 그의 표정에 기자들도 더 이상 그를 붙잡을 수 없었다.

라라는 연구소 로비 의자에 앉아 바닥에 닿지 않

는 발을 동동거렸다. 옆에 앉은 엄마를 올려다보았지
만 표정이 슬퍼 보여 말을 걸기 힘들었다. 하는 수 없이
텅 빈 로비만 찬찬히 둘러보는데 멀리 의자에 앉아 있
는 우람한 체격의 남자가 보였다. 라라는 몰랐지만 남
자는 언젠가 도하의 악몽에 등장했던 반쪽 얼굴의 샐
러리맨이었다. 남자는 이번에도 멀쩡한 옆얼굴밖에 보
이지 않았다. 라라가 다가가 말을 붙이려던 때였다.

"라라야, 가자."

돌아보니 김 교수와 만난 나연이 라라에게 손짓
하고 있었다. 라라는 샐러리맨에게 인사라도 할까 했지
만, 그가 신문에 집중하고 있는 것 같아 관두었다. 라
라가 나연의 손을 잡고 연구실로 향했다. 코너를 돌기
전, 마지막으로 샐러리맨을 돌아보자 그가 시선을 느
꼈는지 천천히 고개를 돌렸다. 하지만 코너에 가려져
라라는 끝내 남자의 반대쪽 얼굴을 볼 수 없었다.

연구실에 도착해 침대에 누운 라라에게 연구원들
이 센서를 부착했다. 나연이 그 옆에 무릎을 구부리고
앉아 라라의 손을 잡았다.

"잠깐 낮잠 자는 거야. 할 수 있지?"

"네."

의연하게 대답하는 라라를 지켜보던 연구원들의 눈시울이 붉어졌다. 라라는 지금이 아빠를 마지막으로 느낄 수 있는 시간인 줄 몰랐다. 침울한 공기가 내려앉은 가운데 나연까지 준비를 마쳤다. 김 교수가 가리개 너머의 도하를 마지막으로 점검했다. 뒤쪽에는 형사들이 참석해 있었다.

"어휴……."

보다 못한 최 형사가 고개를 돌리며 눈가를 훔쳤다. 서 형사도 천장을 바라보긴 마찬가지였다.

"교수님. 준비됐습니다."

연구원이 돌아서며 김 교수에게 보고했다. 김 교수가 끄덕이자 그가 컴퓨터 옆 레버를 잡아 올렸다. 나연과 라라가 쓰고 있는 호흡기로 수면 가스가 흘러들어 갔다.

나연과 라라가 구파발역 플랫폼에서 기다리자 얼마 지나지 않아 열차 한 대가 들어왔다. 열차 문이 열리자 도하가 얼떨떨한 얼굴로 모습을 드러냈다. 도하를 본 라라의 입이 쩍 벌어졌다.

"아빠!"

도하가 놀라 돌아보자 라라가 보조기 없이 달려오고 있었다. 도하는 자신이 헛것을 보고 있나 싶었다. 도하 앞까지 달려온 라라가 펄쩍 뛰어 도하에게 안겼다.

"라라야, 다리 어떻게 된 거야?"

"아빠, 나 다 나았어!"

라라가 입이 귀에 걸려 소리쳤다. 도하는 라라를 바닥에 내려놓고 다리를 다시 살펴봤다. 정말 조금의 뒤틀림도 없이 반듯해져 있었다. 나연이 다가와 울먹였다.

"정말이야. 오진이었대."

나연을 올려다보는 도하의 눈에 물기가 차올랐다. 그가 이내 바닥을 짚고 고개를 떨어뜨렸다.

"아빠……."

라라와 나연이 따라 앉아 도하를 끌어안았다. 텅 빈 플랫폼에 세 가족의 울음소리만이 나지막이 울려 퍼졌다.

눈물을 닦은 세 사람은 야간 개장하는 아쿠아리움으로 향했다. 늦은 시간인데도 아쿠아리움엔 관람객들이 제법 보였다. 나연과 라라로부터 그간의 일을 모두 들은 도하가 힘없이 웃었다.

"나 지금 꿈꾸는 거 아니지?"

나연은 솔직하게 대답해 줄 수 없었다. 대신 이렇게 말했다.

"그러니까 오빠 잘못 하나도 없어…… 그동안 내가 잘 알지도 못하면서 나쁘게 굴어서 미안해."

"아니야…… 나라도 힘들었을 거야. 괜찮아."

도하가 미안해하는 나연의 등을 쓸어내렸다. 앞에서 뒤로 걸으며 두 사람을 지켜보던 라라가 흐흐 웃었다.

"이제는 뒤로도 걸을 줄 알아?"

도하가 웃자 라라가 신나서 말했다.

"아빠, 제가 재밌는 거 보여 줄까요?"

"응?"

앞으로 달려간 라라가 숨을 고른 뒤 손 짚고 옆돌기를 해 보였다.

"오! 하하, 그런 건 어디서 배웠어?"

"태권도 다니는 친구가 보여 줬는데요. 몇 번 따라 하니까 저도 되더라고요."

도하가 신기해하며 나연을 돌아봤다. 나연이 못 말린다는 듯 웃어 보였다.

"어? 가오리다!"

라라가 커다란 가오리를 발견하고 뛰어갔다. 그 모습을 흐뭇하게 바라보던 도하가 말했다.

"못 본 사이에 엄청 큰 것 같애……. 혼자 병원 왔다 갔다 하느라 힘들었겠다. 맨날 회사 핑계 대고 못 도와줘서 미안."

나연은 도하를 바라봤다. 도하는 이 순간을 온전한 현실로 받아들이고 있는 것 같았다. 도하가 마주 보며 말했다.

"이제 다 끝났거든? 신약 수출도 마무리 단계고. 앞으론 시간도 많이 생길 테니까……. 내년부턴 자기 좋아하는 여행도 많이 다니고 그러자, 응?"

나연은 흐르는 눈물을 감추려 고개를 숙였다. 멀리 가오리를 구경하던 라라가 돌아보며 외쳤다.

"아빠, 일로 와서 이것 좀 봐요! 애 웃고 있어요!"

"응."

웃으며 대답한 도하가 나연의 손을 잡으며 말했다.

"그동안 자기 고생한 거…… 내가 살면서 조금씩

갚아 나갈게. 버텨 줘서 고마워."

나연이 더 참지 못하고 울음을 터뜨렸다. 당황한 도하가 나연을 달래려 다가서는 순간 나연의 핸드폰이 진동했다. 나연이 놀라 핸드폰을 확인하자 '접속 종료 까지 30초'라는 카운트다운 알림이 떠 있었다.

"어어, 안 돼."

파랗게 질린 나연이 위쪽을 보며 소리쳤다.

"잠깐만요! 잠깐만……."

도하가 그 모습에 고개를 들었지만 보이는 거라곤 바다를 형상화한 천장이 전부였다. 나연이 도하의 셔 츠를 그러쥐었다.

"오빠, 내가 다 잘못했어……. 제발 한 번만 더 기 회를 줘, 응? 제발…… 정신 좀 차려 봐아……."

도하는 그녀의 말을 알아들을 수 없었다. 나연이 핸드폰을 보니 어느새 남은 시간은 10초로 줄어 있었 다. 그녀가 마지막으로 도하를 올려다보며 말했다.

"오빠, 이거 하나는 꼭 기억해, 오빤 우리한테 늘 최고였어, 알지?"

"……."

"사랑해, 오빠……."

도하는 갑자기 우는 그녀가 걱정됐지만, 일단 칭찬해 주는데 멋쩍게 웃는 수밖에 없었다.

연구실엔 비통한 침묵이 흘렀다. 연구원 몇몇이 돌아서서 눈물을 훔쳤고, 간간이 짙은 한숨 소리가 터져 나왔다. 김 교수가 침대에 누워 있는 나연과 라라를 바라보았다. 나연은 꿈을 꾸면서 울고 있었고, 라라는 눈앞에 닥친 이별을 모른 채 단잠에 빠져 있었다. 김 교수는 커튼 뒤에 도하로 시선을 옮겼다.

정말 이게 최선인 건가. 몇 년이 걸리더라도 좋으니 이 남자를 가족의 품으로 돌려보내 주고 싶다. 이렇게 죽기엔 너무 가엾은 사람 아닌가.

김 교수는 손톱자국이 남을 정도로 주먹을 꽉 쥐었지만, 아무리 생각해도 방법이 떠오르지 않았다.

"교수님?"

연구원 한 명이 기어들어 가는 목소리로 말했다. 연구실의 모두가 김 교수를 돌아봤다. 1퍼센트의 가능성이라도 좋으니, 제발 다른 방법이 있다고 말해 주길 바라는 눈빛이었다. 하지만 김 교수는 결국 고개를 끄덕였다. 레버 가장 가까이에 있던 연구원이 낙망하며 입술을 깨물었다. 그리고 끝내. 떨리는 손으로 레버를 잡아당겼다.

그렇게.

도하의 꿈도 멈췄다.

입을 벌리고 해양 생물들을 올려다보는 관람객들과, 라라를 향해 웃고 있는 얼룩매가오리, 앞에서 수족관 유리를 붙잡고 들떠 있는 라라와, 도하에게 매달려 울고 있는 나연, 그런 그녀를 내려다보며 난감한 듯 웃고 있는 도하까지. 모든 것이 시간이 정지된 듯 멈춰 있던 그때였다. 연구실의 누군가가 상기된 목소리로 소리쳤다.

"교수님!"

사고 이후 단 한 번 움직이지 않았던 도하의 손목시계 초침이 딸칵, 움직였다.

작가의 말

이 소설은 지하철 막차를 타고 깜빡 졸았다가 종착역에서 깼을 때 떠오른 이야기입니다. 늦은 밤 아무도 없는 플랫폼을 걸어 나오는데 제 발소리만이 커다랗게 메아리치던 느낌이 참 생경했습니다. 그리고 그 텅 빈 플랫폼 끝에서, 왠지 세상을 먼저 떠난 친구가 웃으며 나타날 것만 같은 기분에 휩싸였습니다. 그러면 조금도 이상히 여기지 않고, 반갑게 인사하며 근처 호프집으로 가 못다 한 이야기를 나눌 수 있을 것 같았습니다.

그때의 기억이 오랫동안 잊히지 않아 단편 영화로 만들었고, 고혜원 PD님께서 이끌어 주신 덕분에 이렇게 소설로도 완성할 수 있었습니다. 그 과정에서 참 많은 것들이 추가되고 바뀌었습니다만, 이야기의 시작은 언제나 '지금 내 옆에 없는 사람들에 대한 그리움'이었습니다. 누구나 마음속에 그러한 얼굴들을 품고 사는 것 같습니다. 이 소설이 제게 그랬듯, 독자 여러분께도 설레는 위로가 될 수 있었으면 좋겠습니다.

프로듀서의 말

　　한국콘텐츠진흥원과 안전가옥의 '2022 신진 스토리 작가 육성 지원 사업'을 통해 발굴된 신진 작가님들의 작품들이 안전가옥의 새로운 라인업 '노크'의 포문을 엽니다. 2022년 5월부터 3개월간, 단독으로 소설 단행본을 출간한 적이 없는 창작자들을 대상으로 모집했고, 제출하신 원고에 대한 심사와 면접 심사 등을 거쳐 여덟 명의 신진 작가님들을 선정하여 함께 프로젝트를 진행했습니다.

　　2022년 10월, 스릴러의 대가 서미애 작가님의 특강을 시작으로, 안전가옥 스토리 PD들과 일대일 멘토링이 진행되었습니다. 월 1회 현직 작가님들의 스릴러

작법 특강을 비롯하여 개별 작품 맞춤 피드백까지, 짧은 시간이지만 압축적으로 신진 작가님들의 원고를 갈고닦았습니다.

이번 프로젝트의 핵심 키워드는 '스릴러'로, 이 장르의 특징은 나의 평범했던 일상을 위협하는, 그래서 나의 삶이 변화할 수밖에 없는 지점을 긴장감 있게 다루는 것입니다. 이를 중심으로 다양한 장르와의 결합을 통해, 범죄 스릴러, SF 스릴러, 판타지 스릴러, 하이틴 스릴러 등 작품마다 차별점을 두었습니다.

이 중 《라스트 스탑》은 SF 감성 스릴러입니다. 이야기는 여러 레이어들이 감싸고 있지만 중심은 도하와 나연 부부의 사랑 이야기입니다. 진심이 전달되지 못했던 그들의 관계에서 비롯된 오해와 갈등들이 쌓여 만들어진 여러 레이어를 SF, 감성, 스릴러라는 다양한 장르의 색깔로 채워 냈습니다. 반전과 반전을 거듭하는 이 이야기의 형식 자체가 도하와 나연의 관계를 비유한 것이라고 볼 수 있겠습니다. 사람을 무너지게 만든 것도 사랑이고, 사람을 되살리는 것도 사랑이라는 것을 말하는 작품인 만큼, 독자분들께도 그러한 감정들이 잘 전달되길 바랐습니다. 이러한 바람에 따라 류명환 작가님과 가장 많이 고민했던 지점이 도하와 나연의 감정선을 잘 전달하는 일이었는데요. 쉬운 작업이 아니었음에도 열심히 고민해 주신 작가님께 감사의 말을 전합니다.

어릴 적 종착역에서 불이 꺼진 지하철을 처음 보았을 때의 생경한 느낌을 잊을 수 없습니다. 무엇보다 불이 꺼진 지하철은 어디로 가는 것일까 궁금했죠. 《라스트 스탑》이라는 작품을 처음 접했을 때, 어릴 적 그때의 생경함과 궁금증이 다시 떠올랐습니다. 그리고 작품을 읽는 내내 이 이야기의 방향은 어디로 흘러갈까 궁금했죠. 독자분들께서도 이어지는 반전 속에서 이 이야기를 쉼 없이 읽으셨길 바랍니다.

안전가옥 스토리 PD
고혜원 드림

노크 | 04   라스트 스탑

1판 1쇄 발행 2023년 4월 5일

지은이 류명환

기획 안전가옥
콘텐츠 총괄 이지향
프로듀서 고혜원
         김보희, 신지민, 윤성훈, 이수인
         이은진, 임미나, 조우리, 황찬주
퍼블리싱 박혜신, 임수빈
편집 박성미
디자인 박연미
서비스 디자인 김보영
비즈니스 이기훈
경영지원 홍연화

펴낸이 김홍익
펴낸곳 안전가옥
출판등록 제2018-000005호
주소 04779 서울특별시 성동구 뚝섬로1나길 5,
      헤이그라운드 성수 시작점 201호
대표전화 (02) 461-0601
전자우편 marketing@safehouse.kr
홈페이지 safehouse.kr

ISBN 979-11-93024-00-3 (03810)

이 책은 한국콘텐츠진흥원 2022 신진 스토리 작가 육성 지원사업에 선정되어 발간되었습니다.